WALT DISNEY

チキン・リトル

アイリーン・トリンブル作
橘高弓枝訳

CHICKEN LITTLE
Adapted from the film by
Irene Trimble

Originally published by Random House, Inc., New York 2005

目《もく》次《じ》

おもな登場《とうじょう》キャラクター
CHARACTERS

チキン・リトル
Chicken Little

いつも失敗《しっぱい》ばかりしている小《ちい》さな男《おとこ》の子《こ》。父親《ちちおや》と二人《ふたり》で暮《く》らしている。勇気《ゆうき》があり、いつの日《ひ》かヒーローになることを夢見《ゆめみ》ている。

バック・クラック
Buck Cluck

チキン・リトルのお父《とう》さん。息子《むすこ》とちがって体《からだ》が大《おお》きく、太《ふと》っている。中学時代《ちゅうがくじだい》は、野《や》球《きゅう》チームのスター選手《せんしゅ》として活躍《かつやく》した。

WALT DISNEY

チキン・リトル

アビー
Abby Mallard

チキン・リトルの親友《しんゆう》。雑誌《ざっし》を読《よ》むのが大《だい》すきなアヒルの女《おんな》の子《こ》。どんな問《もん》題《だい》でも、“なやみ相談《そうだん》”のページを見《み》れば解決《かいけつ》すると信《しん》じている。

フィッシュ
Fish out of Water

チキン・リトルのクラスメートの魚《さかな》。水《みず》の入《はい》った潜水士《せんすいし》のヘルメットをかぶっている。明《あか》るい性格《せいかく》で、だれとでも友《とも》だちになろうとする。

ラント
Runt of thc Litter

チキン・リトルのクラスメ
ト。大《おお》きな体《からだ》に似合《にあ》わず、気《き》が小《ちい》さくてこわがりやのブタ。青《あお》い上着《うわぎ》に青《あお》い蝶《ちょう》ネクタイ、小《ちい》さな青《あお》い帽子《ぼうし》をつけている。

おもな登場《とうじょう》キャラクター
CHARACTERS

フォクシー
Foxy Loxy

チキン・リトルのクラスメートで、いじめっ子《こ》のキツネ。女《おんな》の子《こ》にしては、がっしりしている。笑《わら》うと、するどい歯《は》がむきだしになる。

グーシー
Goosey Loosey

フォクシーといっしょになって、ことあるごとにチキン・リトルをいじめたり、からかったりするガチョウの女《おんな》の子《こ》。

WALT DISNEY

チキン・リトル

ターキー・ラーキー町《ちょう》長《ちょう》

Mayor Turkey Lurkey

大《おお》きなドングリで有名《ゆうめい》なオーキー・オークスの町長《ちょうちょう》をつとめるシチメンチョウ。いかめしい顔《かお》つきのわりには、決断力《けつだんりょく》に欠《か》けている。

エイリアンの家族《かぞく》

The Alien Family

オーキー・オークスにやってきたエイリアンの家族《かぞく》。赤《あか》やオレンジ色《いろ》の毛《け》におおわれた小《ちい》さな体《からだ》、三つの目《め》、四本《ほん》の足《あし》をもっている。

勇気《ゆうき》と冒険《ぼうけん》の物語《ものがたり》

WALT DISNEY

チキン・リトル

チキン・リトルの頭《あたま》に、空《そら》の色《いろ》にそっくりの六角形《ろっかくけい》のものがぶつかった。空《そら》が落《お》ちてきたと思《おも》い、あわてて町《まち》の住民《じゅうみん》に知《し》らせるが……。

チキン・リトルは、お父《とう》さんの車《くるま》でスクールバスの停留所《ていりゅうじょ》へ。ところが、ほかの生徒《せいと》につきとばされてころび、バスに乗《の》りそびれてしまう。

足《あし》にガムがくっつき、チキン・リトルは動《うご》けなくなった。しりもちをついた拍子《ひょうし》に、ズボンにまでガムがへばりつき、ぬげてしまった！

チキン・リトルは校舎《こうしゃ》の裏側《うらがわ》にまわると、二階《かい》の窓《まど》から更衣室《こういしつ》に入《はい》った。そして、ノートをやぶって折《お》りたたみ、ズボンをこしらえた。

体育《たいいく》の授業中《じゅぎょうちゅう》、フォクシーのいたずらを注意《ちゅうい》したチキン・リトルは、ぎゃくに、グーシーにとさかをつかまれ、投《な》げとばされてしまう。

チキン・リトルは、中学校《ちゅうがっこう》の野球《やきゅう》チーム、ドングリーズに入《はい》った。そして、アビーたちの協力《きょうりょく》で、毎日《まいにち》せっせとトレーニングにはげむ。

チキン・リトルに代打《だいだ》のチャンスがめぐってきた。が、大《おお》きすぎるヘルメットとバット。こんな小《ちい》さな体《からだ》で、バットがふれるだろうか？

チキン・リトルはヒットを打《う》ち、ホームにつっこんだ！　セーフ！　味方《みかた》に勝利《しょうり》をもたらしたチキン・リトルは、一躍《いちやく》ヒーローの座《ざ》に！

チキン・リトルが夜空《よぞら》を見《み》ていると、突然《とつぜん》、窓《まど》から星《ほし》がとびこんできてぶつかった。だが、それは星《ほし》ではなく、六角形《ろっかくけい》のパネルだった。

パネルは宙《ちゅう》にうき、フィッシュをつれさった。チキン・リトルたちはパネルを追《お》って球場《きゅうじょう》へ。と、ふいに、巨大《きょだい》な宇宙船《うちゅうせん》があらわれた。

宇宙船《うちゅうせん》の天井《てんじょう》には、天体図《てんたいず》が映《うつ》しだされていた。地球《ちきゅう》だけが○印《じるし》でかこまれている。エイリアンたちは、地球《ちきゅう》を侵略《しんりゃく》するつもりなのか？

チキン・リトルたちは畑《はたけ》の中《なか》に逃《に》げこんだ。だが、エイリアンたちは触手《しょくしゅ》でトウモロコシをなぎたおし、背後《はいご》にどんどんせまってくる！

エイリアンたちは、チキン・リトル親子《おやこ》に銃《じゅう》をむけた。子《こ》どもがさらわれたと思《おも》いこんだのだ。だが、やがてそれも誤解《ごかい》だとわかった。

チキン・リトルを主人公《しゅじんこう》にした映画《えいが》がつくられた。チキン・リトルの勇気《ゆうき》や行動力《こうどうりょく》をたたえ、真《しん》のヒーローとして描《えが》いた作品《さくひん》だった。

Walt Disney

chicken little

1　空《そら》が落《お》ちてきた！

　ここは、オーキー・オークスと呼《よ》ばれる、平和《へいわ》でのどかないなか町《まち》。はなやかなネオンも高層《こうそう》ビルもほとんどないけれど、町《まち》の広場《ひろば》には、世界一大《せかいいちおお》きなドングリのなる古《ふる》いカシの木《き》が立《た》っている。秋《あき》になると、ドングリをめあてに、わざわざ、よその町《まち》から見物《けんぶつ》にくる客《きゃく》もいるほど、よく知《し》られていた。

　広場《ひろば》の正面《しょうめん》には、町《まち》でいちばんりっぱな、のっぽのタウンホールがたっている。建物《たてもの》の丸屋根《まるやね》には金箔《きんぱく》がほどこされ、日《ひ》ざしをあびてきらきら光《ひか》っていた。

　ある日《ひ》の昼《ひる》さがり、チキン・リトル・クラックという名前《なまえ》のニワトリの少年《しょうねん》が、カシの木《き》の下《した》でひなたぼっこを楽《たの》しんでいた。オーキー・オークス中学校《ちゅうがっこう》からの帰《かえ》

り道《みち》、のんびりと道草《みちくさ》をくっているところだ。

白《しろ》い羽《はね》におおわれた小《ちい》さな体《からだ》とまるい顔《かお》、度《ど》の強《つよ》いめがね、頭《あたま》の上《うえ》につきでた赤《あか》いとさか。チキン・リトルは、小学生《しょうがくせい》くらいにしか見《み》えなかった。

と、ふいに、チキン・リトルの頭《あたま》に、かたい大《おお》きなものがぶつかってきた！

「いたいっ！」

小《ちい》さなチキン・リトルは、思《おも》わず前《まえ》につんのめりそうになった。頭《あたま》がくらくらして、目《め》がまわりそうだ。痛《いた》みがおさまったところで、赤《あか》いとさかをさすりながらひとりごとをいった。

「いまのは何《なに》？」

まず、鼻《はな》からずり落《お》ちそうになった大《おお》きなめがねをあげて、それから、あたりを見《み》まわした。ひらべったい奇妙《きみょう》なものが、一メートルほどはなれた土《つち》の上《うえ》ではずんでいる。大《おお》きさも形《かたち》も、「停止《ていし》」をあらわす八角形《はっかくけい》の道路標識《どうろひょうしき》に似《に》ているが、よく見《み》ると六角形《ろっかくけい》だ。

チキン・リトルは、ぎょっとした。六角形《ろっかくけい》のものは、頭上《ずじょう》にひろがる青空《あおぞら》と同《おな》じ色《いろ》だ！　しかも、中央《ちゅうおう》には、雲《くも》のような形《かたち》をした白《しろ》いものまでくっついているではないか！

空《そら》だ！　空《そら》が落《お》ちてきた！

とっさに、チキン・リトルはそう思《おも》った。

たいへんだ！　早《はや》く、パパや友《とも》だちや、町《まち》のみんなに知《し》らせなきゃ！　ぐずぐずしてると、空全体《そらぜんたい》が落《お》ちてきて、オーキー・オークスの町《まち》がつぶれてしまう！

町《まち》じゅうに危険《きけん》を知《し》らせる方法《ほうほう》は、一つしかない。中学校《ちゅうがっこう》の高《たか》い塔《とう》にのぼって、鐘《かね》を打《う》つことだ。大《おお》きな事件《じけん》が起《お》こったときや緊急《きんきゅう》のときは、だれかが塔《とう》のつり鐘《がね》を鳴《な》らすことになっている。それが、昔《むかし》からの習慣《しゅうかん》だった。

すぐさま、チキン・リトルは学校《がっこう》めざして走《はし》りだした。そして、息《いき》を切《き》らしながらレンガ造《づく》りの高《たか》い塔《とう》のてっぺんまでのぼっていくと、まず、塔《とう》のでっぱりによじのぼり、小《ちい》さな手《て》で太《ふと》いロープをつかんだ。それから、全身《ぜんしん》の力《ちから》をふりしぼり、ウンウンいいながら、ロープを前後《ぜんご》にゆすって大《おお》きなつり鐘《がね》を鳴《な》らしはじめた。

ゴーン！　ゴーン！　ゴーン！

鐘《かね》の音《おと》が、町《まち》じゅうにひびきわたった。

「みんな、逃《に》げろ！　あぶないぞ！　早《はや》く逃《に》げなきゃ、死《し》んじゃうよ！」

チキン・リトルは、声《こえ》をはりあげた。

オーキー・オークスの住民《じゅうみん》たちは、あわてふためき、悲鳴《ひめい》をあげたり、わめいたりしはじめた。

学校《がっこう》の鐘《かね》が鳴《な》るのは、よほどのことだ。大地震《おおじしん》か、たつまきか、大《おお》あらしがくるのだろうか？　それとも、何《なに》か、おそろしいことが起《お》こったのか？

乳母車《うばぐるま》をおしながら歩《ある》いていたウサギのお母《かあ》さんは、子《こ》どもをださかかえると、歩道《ほどう》をやみくもにかけだした。通《とお》りを走《はし》っていた車《くるま》の列《れつ》も、急《きゅう》ブレーキをかけた拍子《ひょうし》に横《よこ》だおしになったり、追突《ついとつ》したり……たちまち、町《まち》じゅうがハチの巣《す》をつついたようなさわぎになった。

「早《はや》く逃《に》げなきゃ、死《し》んじゃうよ！」——チキン・リトルのせっぱつまったことばが、みんなの耳《みみ》の奥《おく》にこびりついてはなれなかった。この世《よ》のおわりが近《ちか》づいているにちがいない！

町《まち》の消防署《しょうぼうしょ》からも、けたたましいサイレンの音《おと》を鳴《な》らしながら、消防車《しょうぼうしゃ》が通《とお》りを走《はし》ってきた。いきおいあまって、ほかの車《くるま》に衝突《しょうとつ》しそうになり、いそいで向《む》きを変《か》える。そのとたん、後部《こうぶ》の消防用《しょうぼうよう》はしごが金具《かなぐ》からはずれてぶらさがり、別《べつ》の乗用《じょうよう》車《しゃ》にぶつかった。

乗用車《じょうようしゃ》はコントロールをうしない、歩道《ほどう》にそなえつけられた消火用《しょうかよう》の給水塔《きゅうすいとう》にぶつかった。はずみで、給水塔《きゅうすいとう》に固定《こてい》されていたまるい巨大《きょだい》な給水《きゅうすい》タンクがはずれて

落《お》ちた。まるいタンクは、通《とお》りをごろごろところがりながら、三台《だい》の車《くるま》をはねとばし、あげくに映画館《えいがかん》につっこんだ。

オーキー・オークスの住民《じゅうみん》たちは、何《なに》から逃《に》げるのか、どこに避難《ひなん》したらいいのかわからないまま、右往左往《うおうさおう》してぶつかったりころんだりした。

学校《がっこう》の門《もん》の前《まえ》で、消防車《しょうぼうしゃ》がタイヤをきしらせながらとまった。

「チキン・リトル、どうした？　何《なに》があったんだ？」

消防士《しょうぼうし》が窓《まど》から顔《かお》をつきだし、高《たか》い塔《とう》を見《み》あげて大声《おおごえ》で問《と》いかけた。

「空《そら》が落《お》ちてくる！　空《そら》が落《お》ちてくるぞ！」

チキン・リトルは声《こえ》をはりあげた。大《おお》さわぎのさなか、この声《こえ》が町全体《まちぜんたい》にひびきわたった。

その瞬間《しゅんかん》、町《まち》じゅうがしずまりかえった。だれもがぴたりと動《うご》きをとめ、息《いき》をひそめた。

少《すこ》ししてから、住民《じゅうみん》の一人《ひとり》が口《くち》をひらいた。

「空《そら》が落《お》ちてくるって？」

「ばかな！　気《き》はたしかか？」

別《べつ》のだれかが声《こえ》をあげた。

「うそじゃない！　見《み》ればわかるよ！」

チキン・リトルはそういって塔《とう》からおりると、町《まち》の広場《ひろば》にむかって歩《ある》きだした。

みんなも、あとからぞろぞろとついていく。

「空《そら》が落《お》ちてきたのは、あの古《ふる》い木《き》の下《した》にすわってるときだった。」

チキン・リトルは説明《せつめい》すると、のっぽの古《ふる》いカシの木《き》のほうへ走《はし》っていった。市《し》民《みん》たちも不安《ふあん》そうな顔《かお》をしてカシの木《き》の下《した》まですすみ、チキン・リトルをとりかこんだ。

チキン・リトルは、あたりをきょろきょろ見《み》まわした。あれ？　おかしいな。このあたりに、落《お》ちたはずなのに！　もう一度《ど》、草《くさ》におおわれた地面《じめん》を必死《ひっし》になってさがしてみる。けれど、落《お》ちてきたはずの空《そら》と雲《くも》のかけらは、そこにはなかった。

チキン・リトルはあせった。なぜだ？　空《そら》のかけらが見《み》つからない。これでは、危険《きけん》がせまっていると説明《せつめい》しても、友《とも》だちや町《まち》のみんなに信用《しんよう》してもらえるはずがない！

「ほんとだよ！　空《そら》が、ここに落《お》ちてきたんだ！」

チキン・リトルは、一人《ひとり》ひとりの顔《かお》をのぞきこむようにしてうったえた。

「空《そら》のかけらが、どこか……このへんに落《お》ちてきたのに……。」

チキン・リトルはつぶやくようにいい、ふと顔《かお》をあげた。視線《しせん》の先《さき》には「停止《ていし》」の標識《ひょうしき》が！

「あれだ！　あの標識《ひょうしき》と同《おな》じような形《かたち》だった！」

大《おお》きな声《こえ》をあげ、八角形《はっかくけい》の道路《どうろ》標識《ひょうしき》を指《ゆび》さした。

だれもが、いっせいにチキン・リトルの指《ゆび》さすほうをふりむいた。

「停止《ていし》の標識《ひょうしき》みたいだったって？」

一人《ひとり》が、あっけにとられたような顔《かお》をしてきいた。

「うん、まちがいないよ！」

チキン・リトルは大《おお》きくうなずいた。

「大《おお》きさも形《かたち》も似《に》ているけど、青《あお》い色《いろ》をしてて、その上《うえ》には白《しろ》い雲《くも》がのっかってた。六角形《ろっかくけい》の空《そら》のかけらが落《お》ちてきて、ぼくの頭《あたま》にぶつかったんだ。」

こう説明《せつめい》すれば、町《まち》のみんなも信《しん》じてくれるかもしれない！

と、そのとき、大《おお》きなドングリがチキン・リトルの頭《あたま》の上《うえ》に落《お》ちてきた。コツン！

チキン・リトルの小《ちい》さな頭《あたま》には、木《き》の実《み》くらいでもかなりのショックだ。あまりの痛《いた》さに、ウッと声《こえ》をあげ、顔《かお》をしかめた。

ちょうどそこへ、チキン・リトルのお父《とう》さん、バック・クラックが、太《ふと》った体《からだ》をゆすりながらあらわれた。お父《とう》さんはチキン・リトルとちがって、体《からだ》が大《おお》きくて背《せ》が高《たか》く、かなり太《ふと》っている。

バック・クラックは、むらがる市民《しみん》をかきわけて息子《むすこ》のところまですすむと、大《おお》きなドングリをひろいあげた。

「頭《あたま》にぶつかったのは、これか？」

「えっ……？」

チキン・リトルは顔《かお》をあげて、お父《とう》さんがつかんでいるドングリを見《み》あげた。

「ちがうよ、パパ。落《お》っこちてきたのは、空《そら》のかけらだった。まちがいないよ！」

お父《とう》さんは、チキン・リトルのことばを信用《しんよう》しなかった。内心《ないしん》でいらいらしながらも、なんとかほほえみをうかべて市民《しみん》たちをふりかえった。

「みんな、きいてくれ！ ちょっとした思《おも》いちがいだったらしい。息子《むすこ》の頭《あたま》にぶつかったのは、ただの木《き》の実《み》だ。」

チキン・リトルは、はげしく首《くび》をふった。

「パパ、ちがうよ！」

「いいかげんにしないか。これ以上《いじょう》、さわぎを大《おお》きくするのはやめろ。」

お父《とう》さんは怒《いか》りをこらえ、低《ひく》い声《こえ》でチキン・リトルに命令《めいれい》した。

まもなく、テレビ局《きょく》のリポーターや新聞社《しんぶんしゃ》の記者《きしゃ》たちもおしかけてきて、チキン・リトルをとりかこんだ。

「チキン・リトル、いったい、何《なに》を考《かんが》えてるんだい？」

「まさか、この町《まち》がほろびるのを見《み》たいわけじゃないだろうね？」

「ドングリと道路標識《どうろひょうしき》をまちがえたのかい？」

リポーターたちが、口々《くちぐち》に問《と》いつめる。

オーキー・オークスの市民《しみん》たちは、だまってチキン・リトルの返事《へんじ》を待《ま》った。

みんなの責《せ》めるような視線《しせん》を感《かん》じて、チキン・リトルは急《きゅう》にこわくなった。うそじゃない！　ほんとに空《そら》が落《お》ちてきたんだ！　胸《むね》をはって、きっぱりと答《こた》えたかった。けれど、ことばがなかなかでてこない。

「でも……でも……。」

市民《しみん》たちはざわめいた。

「なんだって？　はっきり話《はな》せ！」

「お、大《おお》きな……大《おお》きな……。」

チキン・リトルは、しどろもどろにくりかえした。心臓《しんぞう》がどきどきして頭《あたま》に血《ち》がのぼり、うまく舌《した》がまわらない。

「大《おお》きなドングリかい？」

若《わか》いリポーターがたずねた。

「そうじゃなくて……大《おお》きな……。」

チキン・リトルは説明《せつめい》しようとしたが、ふさわしいことばが見《み》つからなかった。

ついに、一人《ひとり》が結論《けつろん》をくだした。

「つまり、ちんぷんかんぷんの作《つく》り話《ばなし》にすぎない。チキン・リトルは、われわれをびっくりさせたかっただけさ！」

チキン・リトルは身《み》をちぢめた。

けれど、それだけではすまなかった。事態《じたい》はますます悪《わる》くなった。

市民《しみん》たちはかんかんになり、チキン・リトルとバック・クラックをにらみつけた。チキン・リトルのせいで、町《まち》じゅうが大《おお》さわぎになり、だれもが恐怖《きょうふ》と不安《ふあん》のどん底《ぞこ》につき落《お》とされたのだ！

「おまえの息子《むすこ》にも、こまったもんだな、バック！　さわぎを起《お》こしたうえに、われわれを死《し》ぬほどこわがらせた。」

シチメンチョウのターキー・ラーキー町長《ちょうちょう》は、バック・クラックを責《せ》めた。

バックは両手《りょうて》を大《おお》きくひろげると、腹《はら》をたてたまま去《さ》っていく市民《しみん》たちのあとを追《お》った。

「待《ま》ってくれ。子《こ》どもってやつは、突拍子《とっぴょうし》もないことを思《おも》いつくものだ。子《こ》をもつ親《おや》なら……。」

それでもまだ、チキン・リトルはお父《とう》さんにわかってもらおうとした。

「ちがうよ、パパ。ドングリじゃなかった。ほんとうに、空《そら》のかけらだったんだ！」

2 ぬげたズボン

チキン・リトルがさわぎを起《お》こしてから、一年《ねん》がすぎた。そんなある日《ひ》の朝《あさ》、チキン・リトルは、いつものように、お父《とう》さんの運転《うんてん》する車《くるま》に乗《の》ってスクールバスの停留所《ていりゅうじょ》にむかっていた。

大通《おおどお》りには、この町《まち》をおとずれる観光客《かんこうきゃく》たちのために、りっぱな看板《かんばん》がかかげられている。

「世界一大《せかいいちおお》きなドングリが見《み》られるオーキー・オークスへ、ようこそ!」

看板《かんばん》にしるされた歓迎《かんげい》の文字《もじ》が、とてもほこらしげだ。

ところが、この日《ひ》は、もっとめだつものがあった。映画《えいが》の広告《こうこく》だ。

「『クレイジー（いかれた）・チキン・リトル』近日公開《きんじつこうかい》！」

この看板《かんばん》が、町《まち》じゅうにあふれているではないか！

「やれやれ、こんどは映画《えいが》か！　映画《えいが》までつくるとはな！」

お父《とう》さんのバック・クラックはうめき、うんざりした顔《かお》つきで首《くび》をふった。

「まったく、いつになったらおわるんだ？　最初《さいしょ》は新聞《しんぶん》、次《つぎ》は、本《ほん》とビデオ。それからゲームと、おまえの顔《かお》をかたどったスプーン。つづいて、インターネットの情報《じょうほう》サイトに記念《きねん》の皿《さら》……。」

「記念《きねん》のお皿《さら》は見《み》たことあるよ。」

チキン・リトルは、しょんぼりとうなだれて答《こた》えた。皿《さら》の表面《ひょうめん》に、おびえて逃《に》げだす市民《しみん》たちが描《えが》かれていたのをおぼえている。

一年前《ねんまえ》、チキン・リトルが鐘《かね》を鳴《な》らしたせいで、町《まち》じゅうが大《おお》さわぎになった。あのときの事件《じけん》を、市民《しみん》はいまだにわすれていない。いろいろな形《かたち》でとりあげては、チキン・リトルを笑《わら》い者《もの》にしているのだ。

「皿《さら》はくさるものじゃない。いつまでものこる。何《なん》十年《ねん》たっても、あの事件《じけん》が語《かた》り草《ぐさ》になるだろうな。」

お父《とう》さんのバックはいった。

「でも、お皿《さら》は落《お》とすと割《わ》れちゃうよ……。」

チキン・リトルのことばがとぎれた。

遠《とお》くにレンガ造《づく》りの高《たか》い塔《とう》が見《み》えてきた。一年前《ねんまえ》、チキン・リトルが町《まち》の住民《じゅうみん》に危険《きけん》を知《し》らせようとして鐘《かね》を鳴《な》らした、あの塔《とう》だ。

チキン・リトルとお父《とう》さんは、思《おも》わずはっと息《いき》をのんだ。一年前《ねんまえ》のできごとが、いやでも思《おも》いだされる。あのときのさわぎが映画《えいが》になり、また市民《しみん》の目《め》にふれ、話《わ》題《だい》になるのだ。

バック・クラックの運転《うんてん》する車《くるま》は、楽《たの》しそうな家族《かぞく》を乗《の》せた車《くるま》を追《お》いこした。子《こ》どもたちは窓《まど》から顔《かお》をだし、通《とお》りをきょろきょろながめている。ラジオの音楽《おんがく》に合《あ》わせ、頭《あたま》をふりながら運転《うんてん》する者《もの》もいた。

オーキー・オークスの町《まち》は、のんびりとした平和《へいわ》な日々《ひび》をとりもどしていた。こわれた建物《たてもの》は造《つく》りなおされ、街灯《がいとう》も修理《しゅうり》された。割《わ》れた窓《まど》ガラスもとりかえられた。けれど、バック・クラックとチキン・リトルの親子《おやこ》には、いまだに、おだやかな暮《く》らしがもどっていなかった。

交通整理《こうつうせいり》にあたる巡査《じゅんさ》のカメレオンが信号機《しんごうき》にのっかって、停止《ていし》の合図《あいず》に体《からだ》の色《いろ》を青《あお》から赤《あか》に変《か》えた。

お父《とう》さんのバック・クラックは、ブレーキをふんで車《くるま》をとめた。そして、となりにとまっている車《くるま》にちらっと目《め》をやり、顔《かお》をしかめて舌打《したう》ちした。車体《しゃたい》には、チキン・リトルを主人公《しゅじんこう》にした映画《えいが》を宣伝《せんでん》する小《ち》さなステッカーがはりつけてある。

「ちっ、ステッカーか！　もっとも、いずれこうなることは、最初《さいしょ》からわかっていたがな。」

そういってため息《いき》をつき、話《はなし》をつづけた。

「看板《かんばん》やポスターなら、なんとかがまんできる。とっぱらわれるまでのしんぼうだからな。だが、車《くるま》にまで宣伝《せんでん》のステッカーをはられたら！　あのまま永久《えいきゅう》に人目《ひとめ》にさらされそうだ。」

チキン・リトルは、何《なに》か気《き》のきいたことをいってお父《とう》さんの注意《ちゅうい》をそらしたかった。さすが、わたしの息子《むすこ》だ、といってもらえるような話題《わだい》をもちだしたかった。

「どうってことないさ、パパ！　ちょっとした計画《けいかく》を思《おも》いついたよ。」

チキン・リトルはいった。

そのとき、カメレオン巡査《じゅんさ》の体《からだ》が赤《あか》から青《あお》に変《か》わった。

お父《とう》さんは車《くるま》を発進《はっしん》させて、チキン・リトルを見《み》た。

「前《まえ》に話《はな》したことをおぼえてるだろうが……できるだけめだたず、おとなしくしてろ。まわりの注意《ちゅうい》をひかんことだ。わかったな？　つまり、かくれんぼのようなものさ。ゲームがおわるまでは、だれにも見《み》つからんように身《み》をかくす。それが、いちばんだ。」

「でも……。」

チキン・リトルはいいかけた。チャンスさえあれば、なくした信用《しんよう》をとりもどせるはずだ。オーキー・オークスの市民《しみん》たちにも、わかってもらえるはずだ。

けれど、お父《とう》さんはチキン・リトルをさえぎった。

「さあ、着《つ》いたぞ。」

車《くるま》をバス停《てい》の近《ちか》くに横《よこ》づけにすると、

「わすれるな。じっとしずかにかくれてるんだぞ。学校《がっこう》でも、どこでもだ。」

チキン・リトルは助手席《じょしゅせき》からとびおりると、走《はし》り去《さ》る車《くるま》にむかって手《て》をふった。

それから、大《おお》きなため息《いき》をついた。

パパをよろこばせたい。パパがみんなの前《まえ》で胸《むね》をはって自慢《じまん》できるような子《こ》どもになりたい。でも、めだたない場所《ばしょ》にかくれているだけでは、何《なに》も変《か》わらない。おくびょうなニワトリとして、町《まち》のみんなにばかにされるだけだ。

チキン・リトルは、歩道《ほどう》を歩《ある》きだした。途中《とちゅう》で犬《いぬ》の親子《おやこ》とすれちがったとき、突《とつ》然《ぜん》、子《こ》どもが大声《おおごえ》をあげた。

「ママ、見《み》て！　おかしなニワトリだ！」

「そうよ、よく知《し》ってるわね。」

お母《かあ》さんはすばやくいうと、子《こ》どもをせきたててチキン・リトルから遠《とお》ざけようとした。

「さあ、早《はや》く！　目《め》を合《あ》わせちゃだめよ！」

もう、いやだ！　チキン・リトルは、がまんできなくなった。このままでは、町《まち》じゅうからのけ者《もの》にされ、どこにも居場所《いばしょ》がなくなってしまう。

「よし、決《き》めたぞ！　ぼくは今日《きょう》から生《う》まれ変《か》わるんだ！」

チキン・リトルは心《こころ》を決《き》めて、しっかりとした足取《あしど》りでバス停《てい》にむかった。ちょうど、スクールバスが停留所《ていりゅうじょ》の前《まえ》にとまるところだった。けれど、入《い》り口《ぐち》のステップに足《あし》をかけたとき、ほかの生徒《せいと》たちが後《うし》ろからぶつかってきてチキン・リトルを地面《じめん》におしたおし、われがちにバスに乗《の》りこんでいった。

チキン・リトルはうつぶせにたおれ、ふまれたり、けられたりした。

その直後《ちょくご》、バタン！　バスの乗車口《じょうしゃぐち》のドアが、音《おと》をたててしまった。いけない、バスに乗《の》れないと遅刻《ちこく》だ！　チキン・リトルはあわてて起《お》きあがり、バスを追《お》いかけはじめた。運《うん》がよければ、スクールバスに乗《の》った生徒《せいと》たちのだれかが気《き》づき、運《うん》転手《てんしゅ》に知《し》らせてくれるかもしれない。

女子生徒《じょしせいと》のひとりが、チキン・リトルに気《き》がついた。キツネのフォクシー・ロクシーだった。いじめっ子《こ》のフォクシーはスクールバスの窓《まど》から顔《かお》をつきだすと、チキン・リトルをふりかえり、意地悪《いじわる》そうににんまりした。それから、ガチョウのグーシー・ルーシーに合図《あいず》して、紙袋《かみぶくろ》をうけとった。

つづいて、フォクシーは窓《まど》の外《そと》へ手《て》をだすと、紙袋《かみぶくろ》をさかさにした。中《なか》からとびだしてきたのは、いくつもの大《おお》きなドングリだった。通《とお》りに落《お》ちたドングリは、はずみながらあちこちにころがっていった。

チキン・リトルはドングリにつまずいて足《あし》をすべらせ、通《とお》りにすってんころり。ころんだまま顔《かお》をあげると、バスの窓《まど》ごしに、生徒《せいと》たちが笑《わら》いころげているのが見《み》えた。

ほかの生徒《せいと》だったら、あきらめていたかもしれない。けれど、チキン・リトルはくじけなかった。いっしょうけんめいやっているのに、結果《けっか》はいつも失敗《しっぱい》ばかり。〝空《そら》が落《お》ちてくる〟事件《じけん》が起《お》きてからは、学校《がっこう》でも町《まち》でも、笑《わら》い者《もの》になってしまった。そしていま、世界《せかい》でいちばんおかしなニワトリとして、映画《えいが》にまでとりあげら

れたのだ！

負《ま》けるものか！　チキン・リトルはすばやく起《お》きあがると、小《ちい》さな足《あし》をめいっぱい動《うご》かして、けんめいに走《はし》りはじめた。遅刻《ちこく》はいやだ！　授業《じゅぎょう》がはじまる前《まえ》に、なんとしても学校《がっこう》にたどりつかなければ！

通《とお》りの角《かど》まで走《はし》って信号機《しんごうき》を見《み》あげると、赤信号《あかしんごう》になっていた。道《みち》の両側《りょうがわ》から、たくさんの車《くるま》がスピードをあげたまま走《はし》ってくる。

チキン・リトルはジャンプして、歩行者専用《ほこうしゃせんよう》のボタンをおそうとした。ところが、ボタンの位置《いち》が高《たか》すぎて、手《て》がとどかない。すばやく頭《あたま》をはたらかせると、近《ちか》くに咲《さ》いている花《はな》をつみとり、長《なが》い茎《くき》をロープのかわりにして信号機《しんごうき》の柱《はしら》にまきつけた。それから、茎《くき》の両《りょう》はしを両手《りょうて》でつかんでひっぱり、柱《はしら》に足《あし》をかけてつっぱるようにしながら途中《とちゅう》までよじのぼると、すばやくボタンをおして歩道《ほどう》にとびおりた。

横断歩道《おうだんほどう》の信号《しんごう》が赤《あか》から青《あお》に変《か》わって車《くるま》が次々《つぎつぎ》にとまると、チキン・リトルは大《おお》いそぎで横断歩道《おうだんほどう》をつっきろうとした。

ところが、別《べつ》のトラブルが待《ま》ちかまえていた。チューインガムの大《おお》きなかたまりが足《あし》の裏《うら》にくっついて、前《まえ》にすすめなくなったのだ。

「わあ、またガムだ。授業《じゅぎょう》にまにあわなくなっちゃう！」

チキン・リトルは泣《な》きたくなった。これまで何度《なんど》も、同《おな》じようなめにあってきたのだ。むりやり歩《ある》こうとしても、ゴムのように長《なが》くのびたガムに後《うし》ろへひきもどされてしまう。ついには、ガムの上《うえ》にしりもちをつき、横断歩道《おうだんほどう》の真《ま》ん中《なか》にすわりこんだまま、前《まえ》にも後《うし》ろにもすすめなくなった。

やがて、歩行者用《ほこうしゃよう》の信号《しんごう》が青《あお》から赤《あか》に変《か》わり、車《くるま》がチキン・リトルのほうへつっ走《ぱし》ってきた。

とっさの思《おも》いつきで、チキン・リトルはズボンのポケットから棒《ぼう》つきのぺろぺろキャンディーをとりだすと、すばやくなめてべとべとにした。そして、車《くるま》がすぐ近《ちか》くを通《とお》りすぎる瞬間《しゅんかん》、後《うし》ろのナンバープレートにキャンディーをぺたりとおしつけた。べとべとのキャンディーは、走《はし》る車《くるま》のナンバープレートにくっついた。チキン・リトルの体《からだ》はガムからはなれ、そのいきおいで反対側《はんたいがわ》の歩道《ほどう》までふっとんだ。

やった！　チキン・リトルは、得意《とくい》そうに両手《りょうて》を高《たか》くつきあげた。

それから、ふと自分《じぶん》の体《からだ》を見《み》おろして、ぎょっとした。ズボンがなくなっているではないか！　キャンディーといっしょに横断歩道《おうだんほどう》からひきあげられたとき、ガムにへばりついたズボンだけが、ぬげてしまったのだ。チキン・リトルは、めがねとシャツと……白《しろ》いパンツだけという、あわれな姿《すがた》で歩道《ほどう》にたたずんでいた。

とはいえ、体《からだ》こそ小《ちい》さいけれど、チキン・リトルはかんたんにあきらめたり、くじけたりする少年《しょうねん》ではなかった。なんとか解決《かいけつ》しなければ……何《なに》かよい方法《ほうほう》を見《み》つけなければ！　そこで、けんめいに知恵《ちえ》をしぼった。

最初《さいしょ》に思《おも》いついたのは、ズボンをとりもどすことだった。けれど、そのアイディアはたちまちつぶれた。横断歩道《おうだんほどう》の中央《ちゅうおう》をトラックが通《とお》りすぎ、ガムとズボンをタイヤにくっつけたまま、あっというまに走《はし》り去《さ》ってしまったのだ。

しかたなく、チキン・リトルは茂《しげ》みから茂《しげ》みへとすばやく移動《いどう》しながら、かくれるようにしてオーキー・オークス中学校《ちゅうがっこう》への道《みち》をすすんでいった。

ようやく中学校《ちゅうがっこう》にたどりつくと、先生《せんせい》やほかの生徒《せいと》たちに見《み》つからないように、そっと校舎《こうしゃ》の裏側《うらがわ》にまわった。正面《しょうめん》の入《い》り口《ぐち》を使《つか》うわけにはいかなかった。

体育館《たいいくかん》の窓《まど》はあいている。でも、体育館《たいいくかん》は二階《かい》だ。あの二階《かい》の窓《まど》まで、どうやってのぼればいいだろう？　あたりを見《み》まわすと、ソーダ水《すい》の自動販売機《じどうはんばいき》が目《め》に入《はい》った。そのとき、名案《めいあん》がひらめいた！

チキン・リトルは、あたりをきょろきょろ見《み》まわした。あった！　近《ちか》くにコインが落《お》ちている。そのコインを自動販売機《じどうはんばいき》に入《い》れてソーダ水《すい》を買《か》うと、プラスチック製《せい》のボトルをはげしくふった。ソーダ水《すい》が泡《あわ》だらけになり、パチパチと音《おと》をたてはじめると、ボトルをさかさにしてロープで背中《せなか》に結《むす》びつける。そして最後《さいご》に、ボトルのふたをあけた。

その瞬間《しゅんかん》、シュパーッ！　ボトルから、いきおいよく泡《あわ》がふきだした。まるでロケットを発射《はっしゃ》したように、チキン・リトルの体《からだ》は地面《じめん》からはなれてぐんぐん上昇《じょうしょう》し、体育館《たいいくかん》の窓《まど》の中《なか》にとびこんだ。

チキン・リトルは、とんぼ返《がえ》りをして体育館《たいいくかん》の床《ゆか》に着地《ちゃくち》した。決《き》まった！　そう思《おも》った瞬間《しゅんかん》、けたたましい悲鳴《ひめい》があがった。体育館《たいいくかん》では、チアリーダーの女《おんな》の子《こ》たちが集《あつ》まって、応援練習《おうえんれんしゅう》をしているところだった。チキン・リトルは、その女《おんな》の子《こ》たちの正面《しょうめん》に着地《ちゃくち》したのだ――シャツとパンツだけの、はずかしいかっこうで！

チキン・リトルは、すぐさま更衣室《こういしつ》に逃《に》げこんだ。チキン・リトルのロッカーは高《たか》い位置《いち》にあるので、靴《くつ》ひもをほどいて投《な》げ縄《なわ》のように取《と》っ手《て》にまきつけ、ぐいとひっぱった。ドアがあくと、そのまま靴《くつ》ひもをつかんでよじのぼり、ロッカーの中《なか》

に入《はい》りこんだ。

そこまでは、毎日《まいにち》くりかえしているお決《き》まりの手順《てじゅん》だった。ロッカーの中《なか》のものをとりだすときは、いつもこのやり方《かた》だ。でも、けさは、ズボンのかわりになるものを探《さが》さなければならない。

チキン・リトルはすばやく頭《あたま》をはたらかせ、ロッカーにおいてある数学《すうがく》のノートをつかんでページをひきちぎった。次《つぎ》に、折《お》り紙《がみ》のように器用《きよう》にページを折《お》りたたんでズボンをつくり、それをパンツの上《うえ》にはいた。手《て》づくりズボンのできあがりだ！

ところが運《うん》の悪《わる》いことに、そのとき、掃除係《そうじがかり》のおじさんが更衣室《こういしつ》に入《はい》ってきた。

そして、手《て》にしたほうきを動《うご》かした拍子《ひょうし》に、ほうきの柄《え》がロッカーにぶつかってドアがしまり、チキン・リトルを中《なか》にとじこめてしまった！

その瞬間《しゅんかん》、九時《じ》の始業《しぎょう》ベルが鳴《な》りひびいた。

3　遅刻《ちこく》したチキン・リトル

　教室《きょうしつ》には、さまざまな生徒《せいと》がいた。犬《いぬ》、ブタ、キツネ、ガチョウ、ヤマアラシ、魚《さかな》……。けれど、そこにチキン・リトルの姿《すがた》はなかった。

　一時間目《じかんめ》は、おじいさんヒツジのウールズワース先生《せんせい》の授業《じゅぎょう》だった。めがねをかけたウールズワース先生《せんせい》は、生徒《せいと》たちが席《せき》につくと出席《しゅっせき》をとりはじめた。

「フォクシー・ロクシー？」

「はい！　出席《しゅっせき》してます！」

　キツネのフォクシーは、返事《へんじ》をして教室《きょうしつ》の中《なか》を見《み》まわした。そして、チキン・リトルがいないことをたしかめると、にんまりした。通《とお》りにばらまいたドングリにつ

まずいてころんだあと、また、どこかで足止《あしど》めをくってるんだわ。フォクシー・ロクシーは、クラスメートをこまらせたり、さわぎを起《お》こしたりするのが大《だい》すきな生《せい》徒《と》だった。女《おんな》の子《こ》にしては大《おお》きくてがっしりしていて、笑《わら》うとするどい歯《は》がむきだしになる。

ウールズワース先生《せんせい》はうなずき、次《つぎ》の生徒《せいと》の名《な》を呼《よ》んだ。

「グーシー・ルーシー？」

「はい！」

フォクシーの後《うし》ろで、ガチョウのグーシーの声《こえ》がひびいた。

「ラント・オブ・ザ・リター？」

「はい、ウールズワース先生《せんせい》。」

人《ひと》のよさそうな顔《かお》をしたブタのラントが、キーキー声《ごえ》で答《こた》えた。四百キロもある大《おお》きな体《からだ》が、服《ふく》からはみだしそうだ。青《あお》い上着《うわぎ》に青《あお》い蝶《ちょう》ネクタイ、それに、小《ちい》さな青《あお》い帽子《ぼうし》をかぶっている。

「いくじなし。」

フォクシーはせきばらいするふりをして、ラントにむかってつぶやいた。小《ちい》さな声《こえ》だったので、先生《せんせい》の耳《みみ》にはとどかなかった。

ウールズワース先生《せんせい》は点呼《てんこ》をつづけた。

「ヘニー・ペニー、ダッキー・ラッキー……モーキュバイン・ポーキュパイン！」

「いるよ。」

ヤマアラシのモーキュバインが答《こた》えた。

ウールズワース先生《せんせい》は、めがねごしにモーキュバインをちらっと見《み》たあと、出席《しゅっせき》簿《ぼ》に視線《しせん》をもどした。

「フィッシュ・アウト・オブ・ウォーター？」

名前《なまえ》を呼《よ》ばれた魚《さかな》のフィッシュは、ブクブクと水音《みずおと》をたて、小《ちい》さなひれをふって答《こた》えた。フィッシュは、水《みず》がたっぷりと入《はい》った潜水士《せんすいし》のヘルメットを頭《あたま》にすっぽりかぶっている。

ウールズワース先生《せんせい》はアヒルの名《な》を読《よ》みあげた。

「アビー・マラード？」

「みにくいアヒルの子《こ》……。」

また、フォクシーがせきばらいするふりをして、いやみをいった。とたんに、生《せい》徒《と》たちのあいだからどっと笑《わら》い声《ごえ》があがった。

「みんな、やめんか。友《とも》だちをだしにして笑《わら》うような、ひきょうなまねは……。」

「ウールズワース先生《せんせい》、わたしならへいきです。」

すかさず、アビーは先生《せんせい》をさえぎり、胸《むね》をはって答《こた》えた。チキン・リトルとなかよしのアビーは、やせっぽちで、ひょろっとした女《おんな》の子《こ》だ。大《おお》きな目《め》と、口《くち》のあいだからのぞく大《おお》きな二本《ほん》の前歯《まえば》が、ひときわめだつ。

「先生《せんせい》に気《き》をつかわんでいいぞ。」

ウールズワース先生《せんせい》はアビーの心《こころ》を傷《きず》つけないように冗談《じょうだん》めかしていい、それから、出席簿《しゅっせきぼ》のほうに注意《ちゅうい》をもどした。

「さて、どこまですすんでたかな？」

「みにくいアヒルの子《こ》……。」

フォクシーがいった。と、すかさず、アビーがフォクシーのほうへ舌《した》をつきだす。

先生《せんせい》はフォクシーのことばを無視《むし》して、次《つぎ》の生徒《せいと》の名《な》を読《よ》みあげた。

「チキン・リトル。」

返事《へんじ》がない。先生《せんせい》はチキン・リトルの席《せき》に目《め》をやった。

「また、遅刻《ちこく》したのね。」

フォクシーが、にやにやしながらいった。

一方《いっぽう》、アヒルのアビーとブタのラントは、チキン・リトルの席《せき》を見《み》て心配《しんぱい》そうな顔《かお》をした。

ウールズワース先生《せんせい》は顔《かお》をしかめ、チキン・リトルの名前《なまえ》のわきに欠席《けっせき》のしるしをつけた。そして出席簿《しゅっせきぼ》をとじると、ヒツジ語《ご》の教科書《きょうかしょ》をひらいた。

「さあ、生徒諸君《せいとしょくん》、六十二ページをひらいて。」

生徒《せいと》たちは、いやいや教科書《きょうかしょ》をひらいた。ヒツジのことばを学《まな》びたがる生徒《せいと》など一人《ひとり》もいなかった。

4 体育館《たいいくかん》のどたばたさわぎ

チキン・リトルがロッカーからぬけだすころには、すでに二時間目《じかんめ》の体育《たいいく》の授業《じゅぎょう》がはじまっていた。針金《はりがね》のハンガーを使《つか》って苦労《くろう》のすえにドアをこじあけ、なんとかロッカーからでると、チキン・リトルはまっすぐ体育館《たいいくかん》にむかった。

クラスメートたちは、ドッジボールをはじめていた。チキン・リトルの親友《しんゆう》のアビー、ラント、それにフィッシュもいた。

フィッシュは潜水士《せんすいし》のヘルメットをかぶったまま、しっぽを使《つか》って楽《たの》しそうにはねまわっていた。ボールが飛《と》んでくるたびに、すばやく上手《じょうず》に身《み》をかわす。

一方《いっぽう》、クラスでいちばん大《おお》きくてめだつブタのラントは、かっこうの標的《ひょうてき》になっ

た。ねらわれるたびに悲鳴《ひめい》をあげて逃《に》げまわり、自分《じぶん》よりもずっと小《ちい》さなクラスメートの後《うし》ろにかくれてボールをさけようとした。

「あわてないで、ラント！　フィッシュを見《み》ならって、ボールをかわすのよ！」

アヒルのアビーがさけんだ。

ラントはフィッシュのほうを見《み》た。フィッシュは、しっぽをくるくるまわしながらとびはねている。ボールが体《からだ》にあたったことは一度《ど》もなかった。

ラントはフィッシュのまねをして、大《おお》きな体《からだ》を回転《かいてん》させたり、とんだりはねたりしはじめた。

チキン・リトルは、いろんな方向《ほうこう》から飛《と》んでくるボールをよけながら、そっとアビーのほうへ近《ちか》づいていった。

アビーはチキン・リトルの折《お》り紙《がみ》ズボンにすぐに気《き》づいた。

「何《なに》かあったの？」

チキン・リトルはうなずいた。

「また、あいつにじゃまされちゃったよ。」

アビーは眉《まゆ》をあげてほほえんだ。

「横断歩道《おうだんほどう》のガム？」

もう一度《ど》、チキン・リトルはうなずいた。

「うん、今日《きょう》はズボンまでとられた。」

「気《き》をつけて。右側《みぎがわ》からボールがくるわ。」

アビーがいった。

チキン・リトルとアビーは、いっしょにとびあがってボールをかわした。

「映画《えいが》の話《はなし》、きいたわよ。ついてないわね。」

アビーがいった。

「けさ、パパにいわれちゃったよ、〝おとなしくかくれてろ〟って。でも、じっとしてるだけじゃ、何《なに》も解決《かいけつ》しない。だから、あることを計画《けいかく》してるんだ。教《おし》えてあげようか？」

アビーはチキン・リトルをちらっと横目《よこめ》で見《み》ると、

「あらあら。」

うたがうような顔《かお》つきをした。チキン・リトルはいつも、だれにもまねのできないようなおもしろいアイディアを思《おも》いつくが、ときどき、とほうもないことを始《はじ》めてはさわぎをひきおこすのだ。去年《きょねん》の〝空《そら》のかけら〟のように——。

「ちがう、ちがう。」

チキン・リトルは、すばやくいった。アビーの考《かんが》えていることが手《て》にとるようにわかった。

「こんどのは、ちゃんとした計画《けいかく》だよ。たった一度《ど》のあやまちで、ぼくの生活《せいかつ》はめちゃめちゃになった……。」

ことばを切《き》って、自分《じぶん》のほうへ飛《と》んできたボールをさけ、それから話《はなし》をつづけた。

「だから、信用《しんよう》をとりもどすチャンスがほしいんだ……町《まち》のみんなに一年前《ねんまえ》のさわぎをわすれてもらえるような、すばらしいチャンスがね。」

ちょうどそのとき、先生《せんせい》の吹《ふ》く笛《ふえ》が鳴《な》りひびいた。

「けがをした生徒《せいと》がいる。いったん、授業《じゅぎょう》は中止《ちゅうし》だ！」

先生《せんせい》は大《おお》きな声《こえ》で生徒《せいと》たちに命令《めいれい》した。六個《こ》ものボールが、ヤマアラシのとげにつきささっている。先生《せんせい》はヤマアラシをつれて保健室《ほけんしつ》へむかった。

休憩《きゅうけい》になったとたん、生徒《せいと》たちは携帯電話《けいたいでんわ》をとりだし、友《とも》だちに電話《でんわ》しはじめた。

「ねえ、どう思《おも》う？」

チキン・リトルはアビーに質問《しつもん》した。いまも自分《じぶん》の計画《けいかく》について考《かんが》えていた。

アビーは、チキン・リトルをまっすぐ見《み》つめた。そろそろ、本心《ほんしん》を正直《しょうじき》に話《はな》すべきだ。

「いいわ、わたしの考《かんが》えをいうわね。一年前《ねんまえ》、空《そら》が落《お》ちてくるっていいだしたとき、あなたはパパにも信用《しんよう》してもらえなかった。それって、すごいショックだったと思《おも》うわ。パパに裏切《うらぎ》られたような気《き》がしたんじゃない？」

アビーにずばりといわれて、チキン・リトルはたじろいだ。

「で、でも……。」

「『でも』は、なし！」

アビーはぴしゃりとさえぎった。

「本気《ほんき》で悩《なや》みを解決《かいけつ》したければ、まず、パパと話《はな》しあうべきなのよ。自分《じぶん》の気持《きも》ちを正直《しょうじき》にぶちまけて、とことん話《はな》しあわなきゃだめ。自分《じぶん》の殻《から》にとじこもるのは、やめてね。」

「自分《じぶん》の殻《から》にとじこもる？」

チキン・リトルはききかえした。

そこでアビーは、かばんから雑誌《ざっし》をとりだした。表紙《ひょうし》をかざっているのは、流行《りゅうこう》のファッションに身《み》をつつんだかわいいアヒルの少女《しょうじょ》だった。雑誌《ざっし》の記事《きじ》が親友《しんゆう》の役《やく》にたつと信《しん》じているようだ。

「待《ま》って。ぼくの計画《けいかく》をきいてよ。」

チキン・リトルはいいはった。

アビーはチキン・リトルのことばを無視《むし》して「悩《なや》み相談《そうだん》」のページをひらき、記《き》事《じ》の一部《いちぶ》を読《よ》みはじめた。

「『不平《ふへい》や不満《ふまん》を口《くち》にする前《まえ》に、話《はな》しあいましょう。両親《りょうしん》にかくしごとをせず、積極《せっきょく》的《てき》に話《はな》しあうことが早《はや》い解決《かいけつ》につながります。』――ね、わかるでしょ？　自分《じぶん》だけであれこれ計画《けいかく》をねるよりも、パパと話《はな》しあうほうが大切《たいせつ》だってこと。」

チキン・リトルはため息《いき》をついた。アビーが力《ちから》になろうとしていることはわかる。でも……。

「アビー、きいて。話《はな》しあいなんて、時間《じかん》のむだだ。話《はな》しあいより、まず行動《こうどう》だよ。何《なに》か思《おも》いきった行動《こうどう》にでて、ぼくは負《ま》け犬《いぬ》じゃないってことをパパに信《しん》じさせたいんだ。」

「よしてよ！　あなたは負《ま》け犬《いぬ》なんかじゃないわ！　ユニークなことを考《かんが》えだす才《さい》能《のう》があるじゃない？　機転《きてん》がきくし、ゆかいだし、それに、かわいいし……。」

いつのまにかアビーはわき道《みち》にそれ、うっとりしたような顔《かお》つきでチキン・リトルの長所《ちょうしょ》をしゃべりはじめた。

チキン・リトルは、なんだかおちつかない気分《きぶん》になり、そわそわしはじめた。

アビーもわれにかえり、はずかしそうに顔《かお》を赤《あか》らめると、ばつのわるさをごまかすように、すばやく話題《わだい》を変《か》えた。

「ねえ、ラント、あなたも賛成《さんせい》でしょ？　チキン・リトルはパパとじっくり話《はな》しあって、気《き》まずいふんいきを断《た》ち切《き》るべきよね？」

そばにいるブタのラントにも同意《どうい》してもらおうと、アビーは愛想《あいそ》よくほほえみかけた。

「さあ……。」

ラントは、こまったような顔《かお》でもごもご答《こた》えた。

「ラント！　また、ぼんやりして！　話《はなし》をきいてなかったの？」

アビーは、あきれてため息《いき》をついた。

「ごめん、ちゃんと説明《せつめい》してもらわなきゃ、なんのことだかわからないよ。」

ラントは、きまりわるそうにもじもじした。

アビーは、魚《さかな》のフィッシュのほうへ注意《ちゅうい》をふりむけた。

「フィッシュ！　ここにきて協力《きょうりょく》して！」

けれど、フィッシュはアビーの雑誌《ざっし》をひきちぎり、せっせと折《お》り紙《がみ》をしてあそんでいるところだった。アビーの声《こえ》など、まったくきこえていないようだ。

「もう！　二人《ふたり》とも話《はなし》にならないわね！」

アビーはうんざりしたような口《くち》ぶりでいった。

と、ふいに、意地悪《いじわる》なフォクシーが、アビーめがけてボールを投《な》げつけてきた。

ボールはアビーの顔《かお》に命中《めいちゅう》した。ふいをつかれたアビーは床《ゆか》にたおれてしまった。

親友《しんゆう》のチキン・リトルとフィッシュとラントは、すぐさまアビーのところにかけより、たすけ起《お》こそうとした。

フォクシーはフンと鼻《はな》をならし、あざ笑《わら》った。

「はははは！」

ほかのクラスメートたちも笑《わら》い声《ごえ》をあげた。

「もうたくさんだ！」

チキン・リトルはぴしゃりというと、小《ちい》さな体《からだ》を少《すこ》しでも大《おお》きく見《み》せようとして胸《むね》をはり、まっすぐフォクシーのところまですすんでいった。

「休憩中《きゅうけいちゅう》だったのに、ひきょうじゃないか、フォクシー！」

フォクシーは指《ゆび》を鳴《な》らして、仲間《なかま》のグーシーに合図《あいず》した。ガチョウのグーシーはチキン・リトルの赤《あか》いとさかをつかむと、小《ちい》さな体《からだ》をいきおいよく二、三度《ど》ふりまわし、窓《まど》にむかって思《おも》いきり投《な》げとばした。

宙《ちゅう》を飛《と》んだチキン・リトルは、ピシャッと音《おと》をたてて窓《まど》ガラスにぶつかった。

ラント、フィッシュ、アビーは、チキン・リトルのほうへ行《い》こうとした。と、すかさず、グーシーが三人《にん》の前《まえ》に立《た》ちはだかった。

チキン・リトルは、ガラスにべったりはりついたまま、ずるずるとすべりはじめた。体《からだ》をささえようとして、とっさに、窓《まど》の下《した》からつきでている取《と》っ手《て》にしがみつく。体《からだ》の重《おも》みで取《と》っ手《て》が動《うご》いた。と、いきなり、大《おお》きなサイレンの音《おと》が鳴《な》りひびき、天井《てんじょう》や壁《かべ》から水《みず》がふきだしてきた。

チキン・リトルは、火災報知機《かさいほうちき》の取《と》っ手《て》をひいてしまったのだ！

自動消火装置《じどうしょうかそうち》が作動《さどう》して体育館《たいいくかん》が水《みず》びたしになり、チキン・リトルもクラスメートたちも、ずぶぬれになった。チキン・リトルの紙《かみ》のズボンもくしゃくしゃになり、またしても、パンツだけのはずかしい姿《すがた》にもどった。

チキン・リトルは、消《き》えてしまいたいような気分《きぶん》だった。

5　あこがれの野球選手《やきゅうせんしゅ》

その日《ひ》の午後《ごご》、チキン・リトルのお父《とう》さんはオーキー・オークス中学校《ちゅうがっこう》の校長室《こうちょうしつ》に呼《よ》びだされ、大《おお》きな体《からだ》をちぢめてすわっていた。

校長《こうちょう》をつとめる犬《いぬ》のフェチット先生《せんせい》は、チキン・リトルがおかした違反《いはん》をリストにして一つずつ読《よ》みあげていった。

「まず授業《じゅぎょう》に遅《おく》れ、中学生《ちゅうがくせい》にあるまじき服装《ふくそう》で歩《ある》きまわり、体育《たいいく》の授業中《じゅぎょうちゅう》にけんかまではじめた。あげくのはてに火災報知機《かさいほうちき》を鳴《な》らし、学校《がっこう》じゅうを大《おお》さわぎさせた！　すべて、あんたの息子《むすこ》がやったことだ！」

校長先生《こうちょうせんせい》は腹《はら》だたしげにいった。

「一年前《ねんまえ》の〝空《そら》が落《お》ちてくる〟事件《じけん》が、そもそもの発端《ほったん》だった。あれ以来《いらい》、あんたの息子《むすこ》は行《ゆ》く先々《さきざき》でさわぎを起《お》こし、さんざんめいわくをかけてきた！　町《まち》じゅうが、うんざりしてるんだよ！」

チキン・リトルは校長室《こうちょうしつ》の外《そと》にいた。廊下《ろうか》のベンチにしょんぼりとすわり、お父《とう》さんがでてくるのを待《ま》っていた。部屋《へや》の窓《まど》のくもりガラスを通《とお》して、お父《とう》さんがぺこぺこと頭《あたま》をさげているのがわかる。お父《とう》さんをよろこばすどころか、また恥《はじ》をかかせ、がっかりさせてしまったのだ。

校長室《こうちょうしつ》では、フェチット校長先生《こうちょうせんせい》の話《はなし》がつづいている。

「バック、わたしがあんたを尊敬《そんけい》しているのは、わかってるだろうな。あんたは、わが校《こう》の野球《やきゅう》チーム、ドングリーズでエースをつとめるスター選手《せんしゅ》だった。バック・エース・クラックと呼《よ》ばれて、たいへんな人気《にんき》をあつめていたものだ。」

廊下《ろうか》の飾《かざ》り棚《だな》には、賞状《しょうじょう》やトロフィーがずらりとならんでいた。その多《おお》くに「バッ

ク・エース・クラック」の名前《なまえ》が入《はい》っている。

パパはすごかったんだ。野球《やきゅう》チームで大活躍《だいかつやく》したヒーローで、みんなのあこがれの的《まと》で……。チキン・リトルは、お父《とう》さんの名誉《めいよ》のしるしをじっと見《み》つめた。

「だが、残念《ざんねん》ながら息子《むすこ》はあんたと正反対《せいはんたい》だ。」

校長先生《こうちょうせんせい》は、そういって話《はなし》をしめくくった。

「わかりました。息子《むすこ》には、わたしから注意《ちゅうい》しておきます。」

バック・クラックは力《ちから》なくうなずくと、席《せき》を立《た》って校長室《こうちょうしつ》をあとにした。

「パパ、あれは、ぼくのせいじゃない。」

チキン・リトルはさっと立《た》ちあがり、足早《あしばや》に去《さ》っていくお父《とう》さんを追《お》いかけた。

「悪《わる》いのは、フォクシーなんだ。あの子《こ》が……。」

「もういい。説明《せつめい》はいらんよ。」

お父《とう》さんはチキン・リトルをさえぎり、車《くるま》に乗《の》りこんだ。チキン・リトルはとなりの助手席《じょしゅせき》にすわった。車《くるま》が走《はし》りだしてしばらくのあいだ、父《ちち》と息子《むすこ》はひとことも口《くち》をきかなかった。やがて、チキン・リトルは気《き》まずい空気《くうき》にたえられなくなった。小《ちい》さくせきばらいすると、勇気《ゆうき》をだしてお父《とう》さんに話《はな》しかけた。

「ねえ、パパ、ちょっと考《かんが》えてたんだけど……えっと、ぼく……野球《やきゅう》チームに入《はい》ろうかな？　どう思《おも》う？」

お父《とう》さんは、ぎょっとしてチキン・リトルのほうを見《み》た。息子《むすこ》のことばにおどろき、ハンドルを持《も》つ手《て》もとがくるってしまった。ほかの車《くるま》にぶつかりそうになり、あわててハンドルを切《き》って、ブレーキをふんだ。

キキーッ！　タイヤが大《おお》きくきしった。

「どこを見《み》てるんだ！」

となりを走《はし》る車《くるま》の運転席《うんてんせき》から、どなり声《ごえ》がとんできた。

「すまない！　悪《わる》かったな！」

バックは窓《まど》ごしにあやまり、息子《むすこ》のほうへ顔《かお》をむけた。

「野球《やきゅう》だって？」

「うん、そうだよ。」

チキン・リトルはうなずくと、

「今年《ことし》になって、ちょっとだけ背《せ》がのびたし、体重《たいじゅう》もふえたんだ。」

腕《うで》をまげて、小《ちい》さな力《ちから》こぶをつくってみせる。

「本気《ほんき》なのか？　本気《ほんき》で野球《やきゅう》をやりたいのか？」

「うん、もちろん、本気《ほんき》だよ！」

チキン・リトルは大《おお》きくうなずいた。

「しかし、はたして、おまえに……野球《やきゅう》がむいてるかどうか……。チェスの選手《せんしゅ》になるのはどうだ？　それとも、合唱団《がっしょうだん》に入《はい》るか？　切手集《きってあつ》めに夢中《むちゅう》になる子《こ》もいるぞ。車《くるま》をとめて、切手《きって》を買《か》ってこよう。」

「パパ、やめて。切手集《きってあつ》めなんてきらいだよ。」

チキン・リトルはきっぱりといった。

「切手《きって》のコレクションも、悪《わる》くないじゃないか。色《いろ》がきれいで、はなやかだ。」

バックは熱心《ねっしん》にいった。体《からだ》の小《ちい》さな息子《むすこ》を野球《やきゅう》チームに入《い》れたくなかったのだ。

「ぼくは野球《やきゅう》をはじめるよ！　野球《やきゅう》チームに入《はい》って、スター選手《せんしゅ》になるんだ！」

バックはため息《いき》をつき、首《くび》をふった。

「一つだけ、パパのおねがいをきいてくれないか。」

「うん、パパ。なんでもきくよ。」

「あんまり高望《たかのぞ》みをしないようにな。パパがいいたいのは、それだけだ。」

チキン・リトルは、しょんぼりとうなずいた。

心《こころ》の底《そこ》では、一年前《ねんまえ》の失敗《しっぱい》をなんとか埋《う》め合《あ》わせしたいと思《おも》っていた。野球選手《やきゅうせんしゅ》になりたいといいだしたのも、パパがよろこんでくれると思《おも》ったからだ。スター選《せん》手《しゅ》として活躍《かつやく》すれば、パパも息子《むすこ》を自慢《じまん》したくなるにちがいない。そのうえ、町《まち》のみんなからも、ヒーローとしてたたえられるかもしれないのだ。

その夜《よる》、バック・クラックはだれもいない居間《いま》に入《はい》り、額《がく》におさめた家族《かぞく》の写真《しゃしん》をじっと見《み》つめた。写真《しゃしん》には、いまは亡《な》き妻《つま》のクロエ、バック、そして生《う》まれたばかりのチキン・リトルが写《うつ》っている。

「ああ、クロエ、いま、きみがここにいてくれたらなあ。きみなら、どうするべきかわかるのに。」

そのころ、二階《かい》では、チキン・リトルが寝室《しんしつ》の窓《まど》ごしに星空《ほしぞら》をながめていた。無《む》数《すう》の星《ほし》の中《なか》でひときわ明《あか》るくかがやく星《ほし》が見《み》える。チキン・リトルは、その星《ほし》に話《はな》しかけた。

「チャンスさえあれば、何《なに》もかも変《か》わるんだ。」

6　トレーニングのはじまり

野球《やきゅう》シーズンがはじまり、中学校対抗《ちゅうがっこうたいこう》の野球大会《やきゅうたいかい》がひらかれることになった。オーキー・オークス中学校《ちゅうがっこう》の野球《やきゅう》チーム、ドングリーズの選手名簿《せんしゅめいぼ》が提出《ていしゅつ》される直前《ちょくぜん》、チキン・リトルは監督《かんとく》にたのんで、正式《せいしき》にチームのメンバーにしてもらった。そのときほど、自分《じぶん》をほこらしく感《かん》じたことはなかった。

ドングリーズがシーズン初《はつ》の試合《しあい》をむかえた日《ひ》、チキン・リトルは胸《むね》をはずませ、だれよりもはりきっていた。

ところが、初《はつ》のバッターボックスに入《はい》ろうとした瞬間《しゅんかん》、チームの監督《かんとく》はチキン・リトルをひっこめ、かわりにキツネのフォクシー・ロクシーにバットを手《て》わたした。

フォクシーはにやにやしながらバッターボックスに立《た》つと、レフトの方向《ほうこう》を指《ゆび》さした。そして、予告《よこく》どおり、レフトフェンスをこえるホームランをかっとばした。グラウンドを一周《しゅう》してホームベースにもどってくると、フォクシーは、味方《みかた》チームの選手全員《せんしゅぜんいん》から笑顔《えがお》と歓声《かんせい》でむかえられた。チームメートたちが手《て》を高《たか》くかかげると、フォクシーもさっと手《て》をあげ、手《て》のひらをうちあわせて、うれしさをあらわした。ところが、チキン・リトルのさしだす手《て》には気《き》づかないふりをしたまま、目《め》を合《あ》わせようともしなかった。

野球《やきゅう》シーズンがおわりに近《ちか》づくころまで、チキン・リトルにはほとんど出番《でばん》がまわってこなかった。試合《しあい》でバットをふるチャンスもあたえられず、たまに外野《がいや》の守《しゅ》備《び》につくのがせいぜいだった。

チームの仲間《なかま》たちにも相手《あいて》にされず、とりわけ、フォクシーには、ことあるごとに意地悪《いじわる》をされた。

親友《しんゆう》のアビーは心《こころ》を痛《いた》め、チキン・リトルが試合《しあい》に参加《さんか》できるようになんとか手助《てだす》けしようとした。雑誌《ざっし》や新聞《しんぶん》の売《う》り場《ば》を見《み》かけるたびに野球雑誌《やきゅうざっし》を手《て》にとり、立《た》ち読《よ》みした。雑誌《ざっし》から仕入《しい》れた情報《じょうほう》や野球《やきゅう》にくわしい友《とも》だちの指導《しどう》とアドバイスがあれば、チキン・リトルもきっとすばらしい選手《せんしゅ》になれるはずだ。

まもなく、トレーニングがはじまった。チキン・リトルは毎朝《まいあさ》欠《か》かさずランニングにはげんだ。自転車《じてんしゃ》をこぐラントの横《よこ》を走《はし》りながら、通学《つうがく》するのだ。筋肉《きんにく》をつけるために、鉛筆《えんぴつ》にドーナツをぶらさげてバーベルのかわりに持《も》ちあげる運動《うんどう》もはじめた。こうして、小《ちい》さな体《からだ》をとことんきたえていった。

きっといつかは、チキン・リトルの努力《どりょく》はむくわれるだろう。チームの先発《せんぱつ》メンバーとして名《な》をつらねる日《ひ》も遠《とお》くなさそうだ。

ある日《ひ》の試合《しあい》で、チキン・リトルは外野《がいや》の守備《しゅび》をまかされた。そして守《まも》りについているとき、相手《あいて》チームの選手《せんしゅ》が打《う》った外野《がいや》フライが、まっすぐチキン・リトルのほうへ飛《と》んできた。

きた！　きた！　ボールをとってアウトにするぞ！

ところが、はりきったのもつかのま、まぶしい太陽《たいよう》に目《め》がくらみ、チキン・リトルはボールを見《み》うしなってしまった。

コツン！　ボールはチキン・リトルの頭《あたま》にあたってはねた。その瞬間《しゅんかん》、めまいを感《かん》じて、しゃがみこんだ。ボールを追《お》うどころか、動《うご》くことさえできなかった。またしても、チキン・リトルはヒーローになるチャンスを逃《に》がしてしまったのだ。

スポットライトをあびたのは、やはり外野《がいや》を守《まも》っていたフォクシーのほうだった。フォクシーはすぐさま芝生《しばふ》につっこみ、チキン・リトルの頭《あたま》にあたったボールがグラウンドに落《お》ちる前《まえ》につかんだ。そして地元新聞《じもとしんぶん》のカメラマンがシャッターを切《き》る瞬間《しゅんかん》、にっこり笑《わら》う余裕《よゆう》まで見《み》せた。

その夜《よる》のクラック家《け》では、お父《とう》さんが新聞《しんぶん》のスポーツ欄《らん》に目《め》を通《とお》していた。記事《きじ》の横《よこ》には、チキン・リトルの頭《あたま》にぶつかったボールをフォクシーがつかんだ瞬間《しゅんかん》の写真《しゃしん》ものっていた。フォクシーのにこやかな笑顔《えがお》とは対照的《たいしょうてき》に、チキン・リトルはぼうっとした表情《ひょうじょう》を見《み》せている。

お父《とう》さんはため息《いき》をついた。

チキン・リトルも写真《しゃしん》を見《み》てがっかりした。けれど、その一方《いっぽう》で、ますますファイトがわき、もっとがんばろうという気持《きも》ちがめばえてきた。ぼくにだってダイビングキャッチくらいできる！　それをオーキー・オークスの市民《しみん》たちに見《み》せてやるんだ！　チキン・リトルは自分《じぶん》にきっぱりといいきかせた。

7　ヒーローの誕生《たんじょう》

チキン・リトルのトレーニングは、毎日《まいにち》つづいた。けれど、チャンスはめぐってこなかった。くる日《ひ》もくる日《ひ》もベンチにすわり、チームメートのプレーをながめているばかりだった。

一方《いっぽう》、フォクシーはホームランを打《う》つたびにやんやの喝采《かっさい》をあび、スター選手《せんしゅ》としての道《みち》を歩《あゆ》みはじめていた。地元《じもと》の新聞《しんぶん》はフォクシーをヒーローにまつりあげ、ドングリーズが決勝戦《けっしょうせん》に進出《しんしゅつ》するためには彼女《かのじょ》の活躍《かつやく》が欠《か》かせないとまで書《か》いた。

ドングリーズは順調《じゅんちょう》に試合《しあい》を勝《か》ちぬき、となり町《まち》のスパッド・バレー・ポテトーズを地元《じもと》の球場《きゅうじょう》にむかえて決勝戦《けっしょうせん》を行《おこな》うことになった。

いよいよ、決勝戦《けっしょうせん》の日《ひ》がおとずれた。古《ふる》いオーキー・オークス・スタジアムは、決勝戦《けっしょうせん》にふさわしくグラウンドのすみずみまで整備《せいび》され、はなやかにかざりつけられた。スタンドは、大試合《おおじあい》にわきたつ観客《かんきゃく》で超満員《ちょうまんいん》になった。

ドングリーズの選手《せんしゅ》にとって、この日《ひ》ほど晴《は》れがましいことはなかった。ただし、チキン・リトルは別《べつ》だった。ベンチをあたためるだけの控《ひか》え選手《せんしゅ》には、バットをふるチャンスなど永久《えいきゅう》におとずれそうになかった。

試合前《しあいまえ》、チキン・リトルはピンクの手袋《てぶくろ》を手《て》にして、いつものようにベンチにすわっていた。

チームのマスコットは、町《まち》の名物《めいぶつ》のドングリに似《に》せた着《き》ぐるみをかぶり、校旗《こうき》をふったり、踊《おど》ったりして、スタンドの観客《かんきゃく》をわかせている。いつもしかめつらをしているシチメンチョウのターキー・ラーキー町長《ちょうちょう》でさえ、チームの応援歌《おうえんか》をうたっていた。

フィッシュは体《からだ》をドングリーズ・カラーの赤《あか》と白《しろ》にそめわけ、チームのマスコットといっしょになって踊《おど》っている。アビーとラントは、記録係《きろくがかり》としてスコアボードの横《よこ》に陣《じん》どっていた。

「紳士《しんし》淑女《しゅくじょ》のみなさま。」

試合《しあい》の実況《じっきょう》をうけもつ犬《いぬ》のアナウンサーが、マイクを前《まえ》にしてしゃべりはじめた。

「わがオーキー・オークス・ドングリーズが宿敵《しゅくてき》スパッド・バレー・ポテトーズをやぶって以来《いらい》、はや二十年《ねん》の月日《つきひ》が流《なが》れました。」

バック・クラックはスタンドの上《うえ》のほうの席《せき》にすわり、自分《じぶん》の打《う》ったホームランで宿敵《しゅくてき》をたおした二十年前《ねんまえ》の試合《しあい》を思《おも》いだしていた。

この日《ひ》の試合《しあい》も、二十年前《ねんまえ》と同《おな》じような熱戦《ねっせん》がくりひろげられた。観客《かんきゃく》も選手《せんしゅ》たちの活躍《かつやく》にわきたち、応援《おうえん》や歓声《かんせい》をくりかえす。

いよいよ九回裏《かいうら》をむかえ、ドングリーズの攻撃《こうげき》がはじまった。ポテトーズに一点《てん》リードされている。この最後《さいご》の攻撃《こうげき》で同点《どうてん》にするか、勝《か》ち越《こ》さないかぎり、負《ま》けてしまうのだ。スタンドをうめる観客《かんきゃく》ばかりか、実況《じっきょう》するアナウンサーの興奮《こうふん》も最高潮《さいこうちょう》に達《たっ》していた。

「得点差《とくてんさ》はわずかに一点《てん》！　得点圏《とくてんけん》にランナーをすすめ、わがドングリーズは一打《いちだ》同点《どうてん》のチャンスをむかえています！　スタジアム全体《ぜんたい》にあふれる興奮《こうふん》と熱気《わっき》は、白熱《はくねつ》する試合《しあい》のせいばかりではありません。この試合《しあい》に勝利《しょうり》すれば、オーキー・オークスの町《まち》もターキー・ラーキー町長《ちょうちょう》も、かがやかしい栄光《えいこう》につつまれるのです！」

ターキー・ラーキー町長《ちょうちょう》は、思《おも》わずにんまりした。ドングリーズが決勝《けっしょう》リーグを制《せい》して優勝《ゆうしょう》すれば、町長《ちょうちょう》としてこれほど名誉《めいよ》なことはない。

「しかしながら、試合《しあい》は、地元《じもと》チームにとって不利《ふり》な流《なが》れになっています。」

アナウンサーはネクタイをゆるめて、実況《じっきょう》をつづけた。

「ドングリーズは数人《すうにん》の負傷者《ふしょうしゃ》をだし、控《ひか》え選手《せんしゅ》も底《そこ》をつきそうになっています。勝利《しょうり》をもたらす戦力《せんりょく》がベンチにのこっていることをねがうばかりです。」

観客《かんきゃく》の目《め》が、いっせいにドングリーズのベンチにそそがれた。首《くび》を固定《こてい》した三人《にん》の犬《いぬ》の選手《せんしゅ》たち、つり包帯《ほうたい》で腕《うで》をささえるラクダの選手《せんしゅ》……そして、ベンチのすみにすわっているチキン・リトル。けがをしていないのはチキン・リトルだけだった。

「次《つぎ》のバッターは、チキン・リトルです！」

アナウンサーは声《こえ》をはりあげた。

観客《かんきゃく》の応援《おうえん》と歓声《かんせい》がぴたりとやみ、わきかえっていたスタジアム全体《ぜんたい》がぶきみなしずけさにつつまれた。

チキン・リトルはぶかぶかのヘルメットをかぶり、バットケースから木製《もくせい》の大《おお》きなバットをひきだそうとした。と、その拍子《ひょうし》に、バランスをくずして後《うし》ろにひっくりかえってしまった。

「ほとんど勝《か》ち目《め》はなさそうです。チームに参加《さんか》して以来《いらい》、チキン・リトルは、試《し》合《あい》でまだ一度《ど》もバットをふっていません。」

アナウンサーが心配《しんぱい》そうな口《くち》ぶりでいった。

「やつのせいで、試合《しあい》に負《ま》けてしまうぞ！」

スタンドで観戦中《かんせんちゅう》のチータが、立《た》ちあがってさけんだ。

「しかし、まだあきらめるのは早《はや》すぎます。チキン・リトルがフォアボールをえらんで出塁《しゅつるい》すれば、ドングリーズ最強《さいきょう》のフォクシー・ロクシー選手《せんしゅ》が、チームの救世《きゅうせい》主《しゅ》となってくれるでしょう！」

アナウンサーの期待《きたい》をこめたことばにこたえ、フォクシー・ロクシーはスタンドにむかって得意《とくい》そうに手《て》をふった。

「これまでのところ、フォクシー・ロクシーは、MVP《エムブイピー》（最優秀選手《さいゆうしゅうせんしゅ》）候補《こうほ》の一番手《いちばんて》にあがっています。」

実況《じっきょう》アナウンサーがつけくわえた。

チキン・リトルが打席《だせき》に入《はい》ろうとしたとき、監督《かんとく》が近《ちか》づいてきて耳打《みみう》ちをした。

「おまえは体《からだ》がちっこいから、ストライクゾーンがせまい。よほどのコントロールがないかぎり、敵《てき》のピッチャーがおまえを三振《さんしん》に打《う》ちとるのはむりだ。だから、ぜったいにバットをふるな。フォアボールをえらんで塁《るい》にでろ。」

「だけど、監督《かんとく》……。」

チキン・リトルはいいかけた。

「とにかく、バットをふるな！　フォアボールで歩《ある》くんだ！　わかったな？」

チームでいちばん小柄《こがら》なバッターは、打席《だせき》にむかって歩《ある》きだした。

実況《じっきょう》アナウンサーが、チキン・リトルの動《うご》きをくわしく観客《かんきゃく》につたえる。

「バットを持《も》つのもやっとの小《ちい》さな選手《せんしゅ》が、いよいよ、打席《だせき》に入《はい》りました。」

打席《だせき》に立《た》つチキン・リトルの体《からだ》は、バットの重《おも》みでホームベースのほうへふらついた。

「小《ちい》さな選手《せんしゅ》は右打席《みぎだせき》で……左打席《ひだりだせき》で打《う》とうとしています。」

チキン・リトルの体《からだ》がゆれるたびに、アナウンサーはいいなおした。

「いや、右打席《みぎだせき》です。」

大《おお》きな図体《ずうたい》をした馬《うま》の主審《しゅしん》は、チキン・リトルの頭《あたま》を前足《まえあし》のひづめでささえ、左《さ》右《ゆう》へふらつく体《からだ》をなんとかじっとさせた。

最後《さいご》に、アナウンサーはきっぱりといった。

「チキン・リトルは、やはり右打席《みぎだせき》に立《た》ちました。」

「わけなく、アウトをとれそうだ。」

ポテトーズのピッチャーをつとめる足《あし》の長《なが》いコウノトリが、くすくす笑《わら》いながら味方《みかた》の外野手《がいやしゅ》に声《こえ》をかけた。

小《ちい》さなチキン・リトルをひと目見《めみ》るなり、相手《あいて》チームの選手全員《せんしゅぜんいん》が自分《じぶん》たちの勝《しょう》利《り》を確信《かくしん》したほどだった。バットを持《も》つだけでせいいっぱいの選手《せんしゅ》に、バットをふれるはずがない。ましてや、打球《だきゅう》が外野《がいや》まで飛《と》ぶことなど考《かんが》えられなかった。三振《さんしん》で試合終了《しあいしゅうりょう》だ。

外野手《がいやしゅ》は、すでに試合《しあい》がおわったような気分《きぶん》になっていた。レフトを守《まも》る犬《いぬ》は、くるくるまわりながら自分《じぶん》のしっぽを追《お》いはじめた。センターの守備《しゅび》についている牛《うし》はグローブをほうりだし、外野《がいや》の芝《しば》を食《た》べはじめた。ライトを守《まも》るモグラは地面《じめん》に穴《あな》をほってかくれてしまった。

「プレーボール！」

主審《しゅしん》の声《こえ》を合図《あいず》に、試合《しあい》が再開《さいかい》された。

「どうして、やつなんだ？　よりによって、勝敗《しょうはい》をわけるかんじんなときに……。」

観客《かんきゃく》のチータがうめいた。

バック・クラックは息子《むすこ》のみじめな姿《すがた》を見《み》ていられなくなり、両手《りょうて》で顔《かお》をおおってしまった。

チキン・リトルは、スタンドでうなだれているお父《とう》さんの姿《すがた》に気《き》づくと、小《ちい》さくつぶやいた。

「パパに、はじをかかせるようなことはしないよ。このグラウンドではね。」

「ピッチャーが一球目《きゅうめ》を投《な》げました。」

実況《じっきょう》アナウンサーの声《こえ》がひびく。

ピッチャーの投《な》げたボールは、ヒューッとうなりながらチキン・リトルの頭《あたま》の上《うえ》を通《とお》り、キャッチャーのミットに入《はい》った。

「ボール！」

主審《しゅしん》の声《こえ》があがった。

ところが、チキン・リトルは、キャッチャーがボールをつかんだあとでバットをふった。もちろん、バットは空《くう》を切《き》った。

観客《かんきゃく》は息《いき》をのみ、バック・クラックはうめいた。

「うん……ストライクか？」

主審《しゅしん》はあいまいにいった。

観客《かんきゃく》のあいだから、ブーイングのあらしがまきおこった。一方《いっぽう》、チキン・リトルはピッチャーの投球《とうきゅう》にそなえてバットをかまえた。

「キャッチャーがサインをだしました。ピッチャーが投《な》げました。ボールは……外《がい》角低《かくひく》めのカーブです！」

アナウンサーが実況《じっきょう》する。

チキン・リトルはからぶりした。

「ツー・ストライク！」

主審《しゅしん》が大《おお》きな声《こえ》でいった。

「バットをふるな！　じっとしてろ！」

観客《かんきゃく》のさけび声《ごえ》や悲鳴《ひめい》があがった。

「バッター、追《お》いこまれました。次《つぎ》の投球《とうきゅう》がストライクになれば、試合終了《しあいしゅうりょう》。ドングリーズの敗北《はいぼく》が決《き》まります。」

チキン・リトルは、スタンドのさわぎをよそにピッチャーに注意《ちゅうい》を集中《しゅうちゅう》し、自分《じぶん》にいいきかせた。

「今日《きょう》から、ぼくは生《う》まれ変《か》わるんだ。」

ピッチャーの投《な》げたボールがうなりながら近《ちか》づいてくると、チキン・リトルは渾《こん》身《しん》の力《ちから》をこめてバットをふった。

カーン！ バットがボールにあたり、音《おと》をたてた。

観客《かんきゃく》はあっけにとられて、ボールの行方《ゆくえ》を目《め》で追《お》った。バック・クラックは自分《じぶん》の目《め》をうたがった。

チキン・リトルの打球《だきゅう》は外野《がいや》に飛《と》んでいった。

「ヒットです！」

アナウンサーはマイクをひっつかみ、大声《おおごえ》をあげた。

「ヒット？」

チキン・リトル自身《じしん》もきょとんとしていた。

外野《がいや》に飛《と》んだボールは、居眠《いねむ》りをはじめた犬《いぬ》のわきに落《お》ちて大《おお》きくはずみ、芝《しば》を食《た》べている牛《うし》の頭《あたま》にあたった。

ヒットを打《う》ったチキン・リトルは、ホームベースから一歩《ぽ》も動《うご》いていなかった。

「たいへんだ！　バッターはホームベースにつっ立《た》ったままです！　走《はし》れ、坊《ぼう》や！　走《はし》るんだ！」

アナウンサーは必死《ひっし》になってさけんだ。

チキン・リトルは、われにかえって走《はし》りだした。

「走《はし》れ、チキン・リトル！　走《はし》れ！　走《はし》れ！」

お父《とう》さんの声《こえ》もきこえてくる。

ところが、チキン・リトルがめざしたのは一塁《るい》ベースではなかった。三塁《るい》のベースにむかって走《はし》りだしていた。

「反対《はんたい》の方向《ほうこう》に走《はし》っています！　待《ま》て！　待《ま》て！」

アナウンサーはわめいた。

「そっちの方向《ほうこう》じゃない！　ぎゃくだ！　一塁《るい》へ走《はし》るんだ！」

バック・クラックも息子《むすこ》にむかって大声《おおごえ》をあげた。

「左《ひだり》まわりよ！　時計《とけい》の針《はり》とは反対側《はんたいがわ》に走《はし》らなきゃ！」

アビーも、スコアボードの横《よこ》からさけんだ。

やっと、チキン・リトルにメッセージがつたわった。U《ユー》ターンしてホームにもどると、一塁《るい》にむかって走《はし》りはじめる。

一方《いっぽう》、二塁《るい》ランナーのグーシー・ルーシーは、三塁《るい》をまわってホームベースをふんだ。ドングリーズに一点《てん》が追加《ついか》された。

「同点《どうてん》です！　ついに、追《お》いつきました！」

犬《いぬ》のアナウンサーが声《こえ》をからしてさけんだ。

「今日《きょう》から生《う》まれ変《か》わるんだ！　生《う》まれ変《か》わるんだ！」

チキン・リトルは一塁《るい》ベースをまわりながら、小《ちい》さな声《こえ》でくりかえした。

外野《がいや》の選手《せんしゅ》たちは、はっきり状況《じょうきょう》がつかめないまま、ボールを追《お》いはじめた。そして、牛《うし》とモグラが同時《どうじ》にボールに追《お》いついた。あわてた牛《うし》はボールのかわりにモグラをひっつかみ、そのまま二塁《るい》にむかってほうり投《な》げた。

「二塁手《るいしゅ》がキャッチしたのは、モグラのロドリゲスです！　ボールはどこへ？」

アナウンサーは、しゃべりながら外野《がいや》に目《め》をむけた。

外野《がいや》では、ポテトーズの内野《ないや》と外野《がいや》の選手《せんしゅ》たちが入《い》りみだれ、砂《すな》ぼこりをまきあげながらボールに突進《とっしん》していった。ほこりが消《き》えたときになって初《はじ》めて、ボールの行方《ゆくえ》がわかった。ボールは、センターを守《まも》る牛《うし》の角《つの》につきささっていたのだ！

「どうやら三塁打《るいだ》になりそうです。」

アナウンサーがいった。

ところが、チキン・リトルは、早《はや》くも三塁《るい》をまわってホームベースにむかおうとしていた。守《まも》りについている相手《あいて》チームの選手《せんしゅ》たちは、あせった。チキン・リトルが先《さき》にホームベースをふめば、ドングリーズに逆転負《ぎゃくてんま》けしてしまうのだ。野手《やしゅ》たちは牛《うし》を肩《かた》にかつぎ、ホームベースにむかって必死《ひっし》に走《はし》りだした。

先《さき》にホームベースをふむのは、チキン・リトルなのか？　それともポテトーズの選手《せんしゅ》たちなのか？　勝者《しょうしゃ》になるか、敗者《はいしゃ》になるか？　チキン・リトルは運命《うんめい》の分《わ》かれ目《め》に立《た》たされた。

フォクシーは、ホームをめざすチキン・リトルの横《よこ》を走《はし》りながらさけんだ。

「まにあわないわ！　三塁《るい》にもどって！　もどるのよ！　このまま走《はし》ったら、ホー

ムでタッチアウトになるわ！」

けれど、チキン・リトルは三塁《るい》にもどろうとしなかった。ぶかぶかのヘルメットをぬぎすて、スピードをあげてホームベースに突進《とっしん》していった。

チームメートにかつがれていた牛《うし》も、ホームにとびこむようにしてつっこみ、砂《すな》ぼこりをまきあげた。チキン・リトルとほぼ同時《どうじ》だった。

スタンドの客《きゃく》は総立《そうだ》ちになり、息《いき》をつめてなりゆきを見《み》まもった。

牛《うし》の頭《あたま》がホームベースにかぶさり、角《つの》につきささったボールがチキン・リトルの体《からだ》にふれた。

「アウト！」

主審《しゅしん》が声《こえ》をあげた。

観客《かんきゃく》は息《いき》をのんだ。チキン・リトルは、ホームベースをふみわすれたのか？

バック・クラックは両手《りょうて》で顔《かお》をおおい、アビーとフィッシュとラントはこぼれそうになる涙《なみだ》を必死《ひっし》にこらえた。犬《いぬ》のアナウンサーもすっかり落《お》ちこみ、うめき声《ごえ》をもらした。

チキン・リトルは首《くび》まで砂《すな》の中《なか》にうもれている。主審《しゅしん》はブラシをとりだすと、砂《すな》をはらいはじめた。チキン・リトルの体《からだ》がしだいにあらわれてきて、最後《さいご》に足《あし》の上《うえ》にかかった砂《すな》がはらいのけられた。

その瞬間《しゅんかん》、すべてが明《あき》らかになった。チキン・リトルの足《あし》はホームベースの角《かど》にふれているではないか！

即座《そくざ》に、主審《しゅしん》は判定《はんてい》をくつがえした。

「セーフ！」

ドングリーズはさらに一点《てん》を追加《ついか》し、劇的《げきてき》な逆転勝《ぎゃくてんが》ちをおさめたのだった！

観客《かんきゃく》は熱狂《ねっきょう》し、大歓声《だいかんせい》をあげた。

「ドングリーズは不可能《ふかのう》を可能《かのう》にしました！　奇跡《きせき》の大逆転劇《だいぎゃくてんげき》です！　この二十年《ねん》

間《かん》で初《はじ》めて、優勝《ゆうしょう》をかちとったのです！　そして、オーキー・オークスの町《まち》に、新《あたら》しいヒーローが誕生《たんじょう》しました。その名《な》はチキン・リトル！」

アナウンサーは感動《かんどう》して声《こえ》をふるわせた。

観客《かんきゃく》たちは昨日《きのう》までヒーローだったフォクシーには見《み》むきもせず、チキン・リトルの名《な》をさけんだ。ドングリーズのチームメートたちは、スポーツドリンクをチキン・リトルの頭《あたま》にあびせて勝利《しょうり》を祝《いわ》った。

スタンドで見《み》ていたバック・クラックは、チームメートたちから胴《どう》あげされる息《むす》子《こ》の姿《すがた》に目《め》頭《がしら》を熱《あつ》くしていた。

8　また、空《そら》が落《お》ちてきた？

その夜《よる》のクラック家《け》には、夕食《ゆうしょく》じゅうずっと、父《ちち》と子《こ》の笑《わら》い声《ごえ》と楽《たの》しそうな話《はな》し声《ごえ》がみちあふれていた。

夕食《ゆうしょく》をすませると、お父《とう》さんはチキン・リトルの寝室《しんしつ》に入《はい》り、野球《やきゅう》の実況放送《じっきょうほうそう》のように試合《しあい》のようすを再現《さいげん》してみせた。アナウンサーの口調《くちょう》をまねて、小《りい》さなチキン・リトルがドングリーズに奇跡《きせき》の勝利《しょうり》をもたらすまでの活躍《かつやく》を、身《み》ぶり手《て》ぶりをまじえていきいきと描写《びょうしゃ》し、チキン・リトルをよろこばせた。

それから、お父《とう》さんはチキン・リトルのベッドにあおむけになり、大《おお》きく息《いき》をついた。

「今日《きょう》のおまえはヒーローになったんだ。もう、一年前《ねんまえ》のことをとやかくいう連中《れんちゅう》はいないだろう。どうやらこれで、おだやかな暮《く》らしがもどってきそうだな？」

お父《とう》さんは期待《きたい》をこめた口《くち》ぶりでいった。

チキン・リトルはほほえんだ。

「うん、きっとね、パパ！」

お父《とう》さんは、愛情《あいじょう》をこめて息子《むすこ》の頭《あたま》をあらっぽくなでると、

「さてと、おまえは、アビーの家《いえ》に行《い》くんだったな？　夜《よ》ふかしはだめだぞ。十時《じ》までにはもどってこい。」

そういって、太《ふと》った体《からだ》を起《お》こそうとした。けれど、息子《むすこ》の小《ちい》さなベッドの上《うえ》で寝《ね》がえりを打《う》つのは骨《ほね》がおれる。

「ぼくがおしてあげるよ。」

チキン・リトルはお父《とう》さんの肩《かた》に手《て》をあてて、体《からだ》をおしはじめた。

「よし、いいぞ!」

床《ゆか》に足《あし》がとどくと、お父《とう》さんは立《た》ちあがり、ドアの前《まえ》まですすんで声《こえ》をかけた。

「じゃあな、エース。」

チキン・リトルはうれしそうに笑《わら》った。「エース」は、お父《とう》さんがドングリーズのスター選手《せんしゅ》として活躍《かつやく》していたころのニックネームだ。

「ヤッホー!」

チキン・リトルにとって、今日《きょう》ほど幸《しあわ》せだと感《かん》じた日《ひ》はほかになかった。このあと、親友《しんゆう》たちがアビーの家《いえ》にあつまって、お祝《いわ》いの会《かい》をひらくことになっている。

チキン・リトルは窓《まど》をあけて、星空《ほしぞら》を見《み》あげた。

「ありがとう。チャンスをくれてありがとう。」

かがやく星《ほし》にむかって話《はな》しかけた。

けれど、空《そら》を見《み》ているうちに、おかしなことに気《き》がついた。一つだけ、ほかとはちがう星《ほし》があるのだ。その星《ほし》だけは、どんどん明《あか》るくなっていく。チキン・リトルはめがねをはずしてレンズをぬぐい、それからかけなおして明《あか》るい星《ほし》をじっと見《み》つめた。

星《ほし》がまっすぐこちらへせまってくるようだ！　でも、まさかそんなことが……。

と、いきなり、ガツン！　星《ほし》は窓《まど》をつきぬけ、チキン・リトルをおしたおした。

下《した》じきになったチキン・リトルは、体《からだ》の上《うえ》にのっている星《ほし》をこわごわ見《み》つめた。星《ほし》に見《み》えたものは、奇妙《きみょう》な金属製《きんぞくせい》のパネルだった。平《たい》らなパネルの一方《いっぽう》の面《めん》は、入《い》り組《く》んだワイヤーにおおわれ、もう一方《いっぽう》は、夜空《よぞら》とそっくりだった。一面《いちめん》に明《あか》るい星《ほし》がかがやいている。しかも、その金属《きんぞく》のパネルは六角形《ろっかくけい》だ！　一年前《ねんまえ》のあの日《ひ》に見《み》たものとまったく同《おな》じ大《おお》きさ、同《おな》じ形《かたち》をしている。

チキン・リトルはパネルをはねのけると、あわててベッドの後《うし》ろにかくれた。金属《きんぞく》のパネルは、床《ゆか》の上《うえ》でギーギーと音《おと》をたてはじめた。

「わぁーっ！　やめて！」

チキン・リトルはこわくなって、ぶるぶるふるえた。

「また、空《そら》のかけらが落《お》ちてきたの？　六角形《ろっかくけい》の空《そら》のかけらが？」

一階《かい》のキッチンでは、お父《とう》さんがレンジの前《まえ》に立《た》ってポップコーンをつくっていた。二階《かい》からチキン・リトルの声《こえ》がひびいてきたのは、そのときだった。

「おい、どうした？　だいじょうぶか？」

お父《とう》さんは大声《おおごえ》で二階《かい》にむかって呼《よ》びかけた。

「いま行《い》くぞ！」

チキン・リトルは胸《むね》をどきどきさせながらも、あわててパネルに毛布《もうふ》をかぶせた。

パパには見《み》せたくなかった。一年前《ねんまえ》の事件《じけん》だけで、もうこりごりだ。

お父《とう》さんは二階《かい》にかけあがると、寝室《しんしつ》のドアをぱっとあけた。

「何《なに》かあったのか？」

息《いき》を切《き》らしながら息子《むすこ》にたずねた。

「ううん、なんでもないよ！」

チキン・リトルはぎこちなく笑《わら》った。

「ほんとに、だいじょうぶなんだな？　さけび声《ごえ》がきこえたような気《き》がしたが。」

お父《とう》さんはいった。

チキン・リトルは肩《かた》をすくめた。

「え、えっと……ベッドから落《お》っこちたんだ！」

とっさに、チキン・リトルはごまかした。

「ベッドは向《む》こうだぞ。あそこからここまでどうやって……？」

お父《とう》さんは、笑《わら》いながらチキン・リトルの頭《あたま》をくしゃくしゃっとなでた。

チキン・リトルは、質問《しつもん》の意味《いみ》に気《き》づかないふりをした。

「どこからだって？」

「あそこだよ。」

お父《とう》さんはベッドを指《ゆび》さした。

「えっ？　どこ？」

チキン・リトルはしらばっくれて、あたりをきょろきょろ見《み》まわした。

こんどは、お父《とう》さんが肩《かた》をすくめた。まるで話《はなし》がかみあわない。

「まあ、いい。いずれにしろ、明日《あす》から新《あたら》しい日《ひ》がはじまる。」

それだけいって部屋《へや》からでていった。

お父《とう》さんが一階《かい》におりたのをたしかめると、チキン・リトルは金属《きんぞく》パネルにかぶせた毛布《もうふ》のほうへおずおずと手《て》をのばした。そして毛布《もうふ》のへりをつまむと、

「消《き》えて！　消《き》えて！」

呪文《じゅもん》のようにとなえながら、ぎゅっと目《め》をつぶった。そして勇気《ゆうき》をかきたて、さっと毛布《もうふ》をはらった。

9　ふしぎなパネル

チキン・リトルは深呼吸《しんこきゅう》をして、ぱっと目《め》をあけた。ない！　金属《きんぞく》パネルが消《き》えている！　何《なに》が起《お》こったのか、なぜパネルが消《き》えたのか、その理由《りゆう》はわからなかった。でも、すべてがもとどおりになったのだ。チキン・リトルは、ほっとしてドアのほうへ足《あし》をふみだした。

と、その瞬間《しゅんかん》、コツン！　突然《とつぜん》、何《なに》かにつまずいた。

チキン・リトルはあわててものかげにかくれ、あたりのようすをうかがった。それから、部屋《へや》の真《ま》ん中《なか》までおそるおそるすすんでいく。消《き》えた空《そら》のかけらが部屋《へや》のどこかにあるような気《き》がしてしかたなかった。

片方《かたほう》の足《あし》が何《なに》かにふれた。チキン・リトルは身《み》をかがめ、指《ゆび》でさわってみた。金《きん》属《ぞく》パネルのりんかくが見《み》えた……と思《おも》った瞬間《しゅんかん》、すぐに消《き》えた。まるでカメレオンのように、床《ゆか》と同《おな》じ色《いろ》に変《か》わっていたのだ。板《いた》のつなぎめにいたるまで、何《なに》から何《なに》まで本物《ほんもの》の床《ゆか》と見分《みわ》けがつかない。チキン・リトルは思《おも》わず後《うし》ろにとびのいた。

それでもついに、金属《きんぞく》パネルをつかんで持《も》ちあげた。床板《ゆかいた》そっくりの面《めん》には、小《ち》さい六角形《ろっかくけい》をかたどった青《あお》い光《ひかり》がうかびあがった。光《ひかり》は規則正《きそくただ》しくならんでいて、あらわれたり消《き》えたりしている。うらがえしてみると、反対《はんたい》の面《めん》はワイヤーにおおわれ、緑《みどり》、黄《き》、ピンクの小《ち》さなライトが点滅《てんめつ》している。まるで精密《せいみつ》な機械《きかい》のようだ。

チキン・リトルはパネルを窓辺《まどべ》まで運《はこ》んでいくと、夜空《よぞら》にむけて高《たか》くかかげた。するとたちまち、パネルは星《ほし》のまたたく夜空《よぞら》の色《いろ》に変《か》わった。

チキン・リトルにも、やっとわかった！　一年前《ねんまえ》、頭《あたま》に落《お》ちてきた空《そら》のかけらは、このパネルにちがいない！　あのときは昼間《ひるま》だったので、パネルは雲《くも》のうかぶ青空《あおぞら》

にそっくりだったんだ。

チキン・リトルはパネルをほうりだすと、あわてて部屋《へや》からとびだした。

「アビーを呼《よ》ばなくちゃ！」

すでに、アビーの家《いえ》にはフィッシュとラントがやってきて、ドングリーズの勝利《しょうり》を祝《いわ》っていた。ラントとアビーはカラオケの伴奏《ばんそう》で歌《うた》をうたい、フィッシュはヘルメットにとりつけたグリーンのライトをゆらしながら、歌《うた》にあわせて踊《おど》っている。

まもなく、アビーの家《いえ》の電話《でんわ》が鳴《な》りひびいた。

「もしもし、マラードです！」

カラオケの音《おと》に負《ま》けないように、アビーは声《こえ》をあげた。

ラントはアビーのことをすっかりわすれ、大声《おおごえ》でうたっている。

「ラント！　しずかにして！　電話中《でんわちゅう》よ！」

アビーはぴしゃりといった。

けれど、ラントは歌《うた》に夢中《むちゅう》で、アビーの声《こえ》をきいていなかった。

「ラント!」

ついに、アビーは金切《かなき》り声《ごえ》をはりあげた。

ようやくラントはアビーに気《き》づくと、はずかしそうに顔《かお》を赤《あか》くして音楽《おんがく》をとめた。

「いま、どこなの?」

アビーは受話器《じゅわき》にむかって話《はな》しかけた。電話《でんわ》をかけてきたのは、チキン・リトルだった。

「おそいじゃないの。もうはじめてる……。」

と、ふいに、アビーの目《め》が大《おお》きく見《み》ひらかれた。

「なんですって?」

アビーはラントとフィッシュのほうを見《み》ながら、チキン・リトルの話《はなし》に耳《みみ》をすました。

アビー、フィッシュ、ラントはクラック家《け》の二階《かい》にかけあがり、チキン・リトルの寝室《しんしつ》にむかった。

チキン・リトルは窓辺《まどべ》に立《た》ち、金属《きんぞく》パネルを星空《ほしぞら》にむけてかかげていた。パネルは星空《ほしぞら》そっくりで、どこからが本物《ほんもの》の空《そら》なのかわからないほどだ。アビーたちは目《め》をまるくして、ふしぎなパネルを見《み》つめた。

金属《きんぞく》パネルを壁《かべ》にむけると、一瞬《いっしゅん》のうちに同《おな》じ色《いろ》に変《か》わり、壁《かべ》の中《なか》にとけこんだ。

アビーはたずねた。

「パパには、まだ話《はな》してないんでしょ？」

「話《はな》せるはずないだろ、アビー！　一年前《ねんまえ》、ぼくの頭《あたま》に落《お》ちてきたのはこのパネルなんだ！　もうパパには、あのできごとを思《おも》いださせたくない。」

チキン・リトルとアビーが話《はな》しているあいだ、フィッシュは金属《きんぞく》パネルをながめていた。パネルの上《うえ》に顔《かお》を近《ちか》づけると、フィッシュとそっくりの像《ぞう》がパネルにあらわれ、次《つぎ》にアビーの前《まえ》にかかげると、アビーの像《ぞう》があらわれた。

アビーはパネルをおしやり、切《き》りだした。

「気象観測用《きしょうかんそくよう》の気球《ききゅう》の一部《いちぶ》じゃないかしら。」

「気球《ききゅう》だかなんだか知《し》らないけど、もう二度《ど》と見《み》たくないんだ。ぼくのまわりから永久《えいきゅう》に遠《とお》ざけてしまいたい。平和《へいわ》な生活《せいかつ》にもどるためにもね。」

チキン・リトルはいった。

アビーは親友《しんゆう》の気持《きも》ちを察《さっ》してうなずくと、少《すこ》し考《かんが》えてから切《き》りだした。

「ねえ、前《まえ》に、空《そら》から青《あお》い氷《こおり》のようなものが落《お》ちてきたときのこと、おぼえてる？ みんな、宇宙《うちゅう》の物質《ぶっしつ》だって思《おも》いこんだけど……じつは、凍《こお》らせたおしっこが飛行機《ひこうき》から落《お》ちてきただけだった。」

「うん、そんなことがあったね。」

ラントはうなずいた。

親友《しんゆう》たちの会話《かいわ》をよそに、フィッシュはパネルの表《おもて》と裏《うら》をしきりにいじっている。好奇心《こうきしん》の旺盛《おうせい》なフィッシュは、なんにでも興味《きょうみ》をもち、わからないことがあれば、とことんしらべなければ気《き》がすまない。そこで、パネルの中央《ちゅうおう》にあるボタンのようなものをおしてみた。と、たちまち、パネルがゆれはじめ、明《あか》るく光《ひか》りながら宙《ちゅう》にうきあがった。フィッシュはためらうこともなく、宙《ちゅう》にういたパネルの上《うえ》にとびのった。パネルは部屋《へや》の中《なか》をすべるように動《うご》きはじめた。まるでスノーボードのようだ。

「フィッシュが宙《ちゅう》を飛《と》んでる！」

おびえたラントは、大《おお》きな体《からだ》をむりやりベッドの下《した》におしこんで、かくれようとした。

「フィッシュ！」

アビーがさけんだそのとき、パネルは窓《まど》からとびだしていった。

「わあ！」

チキン・リトルはびっくりして声《こえ》をあげ、窓辺《まどべ》にかけよった。アビーとラントもあとにつづいた。きらめくパネルは空高《そらたか》く舞《ま》いあがり、だんだん小《ちい》さくなって見《み》えなくなった。フィッシュのヘルメットにつけたグリーンのライトだけが、尾《お》をひきながら小《ちい》さく光《ひか》っていた。

10　空《そら》飛《と》ぶ円盤《えんばん》

チキン・リトル、アビー、ラントの三人《にん》は、先《さき》を争《あらそ》うようにして階段《かいだん》をかけおりていった。

フィッシュの行《ゆ》く先《さき》も、さがしだす方法《ほうほう》もわからない。けれど、まず外《そと》にでて広《ひろ》い夜空《よぞら》を見《み》あげれば、フィッシュがどちらの方向《ほうこう》へ消《き》えたのかがわかるかもしれない。夜空《よぞら》に何《なに》かの手《て》がかりがのこされているかもしれないのだ。

玄関《げんかん》に突進《とっしん》しようとしたとき、三人《にん》は階段《かいだん》の下《した》に立《た》つ大《おお》きな影《かげ》に気《き》がついた。チキン・リトルのお父《とう》さんだ！

「待《ま》て！　待《ま》て！　きみたち、何《なに》をいそいでるんだ？」

三人《にん》は、ぴたりと足《あし》をとめた。

「どこかで火事《かじ》さわぎでもあったか？」

チキン・リトルのお父《とう》さんはたずね、三人《にん》の中学生《ちゅうがくせい》をながめた。

「チキン・リトルから、何《なに》かお父《とう》さんに話《はな》したいことがあるって……。」

とっさに、アビーはいった。

チキン・リトルは、はっとしてアビーのほうをふりむいた。

「話《はな》すのよ！　お父《とう》さんに相談《そうだん》すれば、きっと解決《かいけつ》できるわ！」

お父《とう》さんはチキン・リトルを見《み》おろした。チキン・リトルはしぶしぶ顔《かお》をあげた。

父《ちち》と子《こ》の目《め》があった。

空《そら》からふしぎなパネルが落《お》ちてきたこと、そのパネルがフィッシュを乗《の》せて夜空《よぞら》につれさったこと……これをどう説明《せつめい》すればいいのだろう？

「もう、いいんだ……たいしたことじゃないよ。」

チキン・リトルは、ごまかした。そして、目《め》をぱちくりさせているお父《とう》さんをその場《ば》にのこし、友《とも》だちを追《お》って外《そと》にとびだしていった。

アビーとラントは、チキン・リトルがでてくるのを待《ま》っていた。空《そら》を見《み》あげると、グリーンの小《ちい》さな光《ひかり》が暗《くら》い夜空《よぞら》で動《うご》いているのがわかる。

「しっかりつかまってるのよ、フィッシュ！」

アビーは空《そら》にむかって声《こえ》をはりあげると、庭《にわ》をつっきり、柵《さく》をとびこえた。チキン・リトルもあとにつづいた。

「フィッシュ！　きっと、たすけてやるからな！」

ラントがつけくわえた。体《からだ》の大《おお》きなラントにとっては、柵《さく》をとびこえるより、体《たい》当《あ》たりしてバリバリとこわしながらすすむほうがずっと楽《らく》だった。

三人《にん》はグリーンの光《ひかり》を目《め》じるしにしながら、走《はし》りつづけた。やがてたどりついたのは、オーキー・オークス・スタジアムだった。昼間《ひるま》、熱戦《ねっせん》がくりひろげられた球場《きゅうじょう》だ。

三人《にん》は息《いき》を切《き》らしてハアハアあえぎながら、グラウンドに立《た》った。グリーンの光《ひかり》は、いまも真上《まうえ》でちらちらしている。

やがて、その光《ひかり》が大《おお》きな弧《こ》をえがきながらゆっくりと動《うご》きだした。動《うご》きが速《はや》くなるにつれて、夜空《よぞら》に大《おお》きな光《ひかり》の輪《わ》ができた。

スタジアム全体《ぜんたい》が振動《しんどう》し、得点《とくてん》を表示《ひょうじ》する掲示板《けいじばん》もガタガタ音《おと》をたてはじめた。外野席《がいやせき》がいっせいにぐらぐらとゆれて、ナイター用《よう》の照明《しょうめい》がぴかぴかと点滅《てんめつ》をはじめた。グラウンドの砂《すな》がうずをまき、すさまじい砂煙《すなけむり》が舞《ま》いあがった。

チキン・リトル、アビー、ラントはぴったり身《み》をよせあった。と、ふいに、目《め》のくらむようなまばゆい光《ひかり》が、グラウンドにおりてきた。三人《にん》は顔《かお》をあげ、まぶしい光《ひかり》をさえぎるように目《め》の上《うえ》に手《て》をかざした。まもなく、円盤形《えんばんがた》の乗《の》り物《もの》が三人《にん》の近《ちか》

くまでおりてきて、宙《ちゅう》をただよった。

宇宙船《うちゅうせん》だ！　三人《にん》は、ぎょっとして目《め》を大《おお》きく見《み》ひらいた。顔《かお》がひきつり、ひざががくがくする。それでも、チキン・リトルとラントは、あわててベンチにすっとんでいった。

アビーだけは、その場《ば》から一歩《ぽ》も動《うご》けなかった。口《くち》をぽかんとあけたまま、宇宙《うちゅう》船《せん》を呆然《ぼうぜん》と見《み》つめている。

チキン・リトルは、いそいでアビーのところまでひきかえした。

「アビー！　アビー！　しっかりして！」

アビーの腕《うで》をつかむと、ベンチのほうへひきずっていく。

「さあ、早《はや》く！」

チキン・リトルはさけんだ。

三人《にん》がベンチに逃《に》げこむと同時《どうじ》に、巨大《きょだい》な宇宙船《うちゅうせん》が大量《たいりょう》の砂煙《すなけむり》をまきあげながらグラウンドに着陸《ちゃくりく》した。三人《にん》は、ベンチからグラウンドをそっとのぞき見《み》た。

やがて、宇宙船《うちゅうせん》の底《そこ》にあるハッチがゆっくりとひらき、二人《ふたり》のエイリアンがグラウンドにおりてきた。

エイリアンは、金属製《きんぞくせい》の奇妙《きみょう》な大《おお》ダコのように見《み》えた。たまご形《がた》の頭《あたま》、三つの赤《あか》い大《おお》きな目《め》、頭《あたま》の上《うえ》につきでた何本《なんぼん》もの細《ほそ》いアンテナ、頭《あたま》の下《した》からタコの足《あし》のようにのびた長《なが》い五本《ほん》の触手《しょくしゅ》。エイリアンは、くねくねと動《うご》くその触手《しょくしゅ》をまげたりのばしたりしながら、外野《がいや》にむかって歩《ある》きだした。細長《ほそなが》い板《いた》をならべたフェンスまですすんでいくと、たちまちフェンスの一部《いちぶ》が宙《ちゅう》にうきあがり、アーチ形《がた》の門《もん》に変《か》わった。エイリアンはそのアーチをくぐりぬけて、森《もり》の中《なか》へ消《き》えていった。

「かわいそうなフィッシュ！　きっと、死《し》んじゃったんだ！」

ラントが悲《かな》しそうにいい、両手《りょうて》で顔《かお》をおおった。

「まだ死《し》んでないわ。」

アビーは宇宙船《うちゅうせん》のてっぺんを指《ゆび》さした。宇宙船《うちゅうせん》の船窓《せんそう》から、フィッシュがこちらにむかって手《て》をふっている。

「どうなってるんだろ。」

チキン・リトルは、ぼそっとつぶやいた。頭《あたま》がすっかり混乱《こんらん》して、いまは何《なに》も考《かんが》えられなかった。

11　フィッシュが骸骨《がいこつ》に⁉

勇敢《ゆうかん》な三人組《にんぐみ》は、逃《に》げ帰《かえ》りたい気持《きも》ちを必死《ひっし》におさえ、おそるおそる宇宙船《うちゅうせん》に近《ちか》づいていった。フィッシュをたすけだすまでは、逃《に》げだすことなどできなかった。

宇宙船《うちゅうせん》の底《そこ》のハッチは、いまもひらいたままだ。三人《にん》はハッチをくぐって宇宙船《うちゅうせん》の船内《せんない》に入《はい》りこみ、うす暗《ぐら》い通路《つうろ》を用心《ようじん》しながらすすんでいった。

「フィッシュ？」

チキン・リトルは、そっと友《とも》だちの名《な》を呼《よ》んでみた。けれど、返事《へんじ》はなかった。

通路《つうろ》のところどころに長《なが》い筒状《つつじょう》の透明《とうめい》なケースがおかれ、中《なか》には、えたいの知《し》れないものが入《はい》っていた。

さらに宇宙船《うちゅうせん》の奥《おく》へとすすむと、大《おお》きなタンクが見《み》えてきた。タンクの中《なか》で泡《あわ》だつ青《あお》いべとべとした液体《えきたい》の中《なか》には、いくつもの目玉《めだま》のようなものがうかんでいる。別《べつ》のタンクでは、脳《のう》みそに似《に》たものが奇妙《きみょう》なエネルギー光線《こうせん》をあびながらただよっていた。

やがて行《ゆ》く手《て》に、炎《ほのお》のような形《かたち》をしたオレンジ色《いろ》の小《ちい》さなものが見《み》えてきた。近《ちか》づいてみると、上向《うわむ》きのふさふさした毛《け》におおわれているのがわかった。壁《かべ》の穴《あな》からでてくる青《あお》い光線《こうせん》をあびて宙《ちゅう》をただよっている。チキン・リトルは足《あし》をとめると、オレンジ色《いろ》のものをじっと見《み》つめた。

そのとたん、ぎょっとして思《おも》わずあとずさりした。オレンジ色《いろ》の毛《け》の中央《ちゅうおう》に……三つの目《め》がついている！　しかも、その目《め》は大《おお》きく見《み》ひらかれているではないか！毛《け》におおわれたこの奇妙《きみょう》なものは、生《い》き物《もの》なのだ！

チキン・リトルが顔《かお》を動《うご》かすと、オレンジ色《いろ》の生《い》き物《もの》も同《おな》じ方向《ほうこう》へ動《うご》く。チキン・

リトルがウインクすると、その生《い》き物《もの》もウインクをかえしてきた。チキン・リトルは興味《きょうみ》をそそられ、さらに近《ちか》づいていった……。

「ちょっと！　何《なに》してるの？　おくれないで！」

先《さき》をすすむアビーが、後《うし》ろをふりかえった。

チキン・リトルはあわてて向《む》きを変《か》えると、友《とも》だちのあとを追《お》った。

三人組《にんぐみ》が立《た》ち去《さ》ると、オレンジ色《いろ》の生《い》き物《もの》は体《からだ》の下《した》から四本《ほん》の小《ちい》さな足《あし》をつきだした。そして、床《ゆか》におりると、暗《くら》がりにかくれるようにしてチキン・リトルのあとを追《お》いはじめた。

チキン・リトル、アビー、ラントは、長《なが》くつづく宇宙船《うちゅうせん》の通路《つうろ》を奥《おく》へ奥《おく》へとすすんでいった。

「フィッシュ？」

ときどき小《ちい》さく名前《なまえ》を呼《よ》んだ。けれど、フィッシュの返事《へんじ》はなかった。

「どこなんだ、フィッシュ?」

大《おお》きな体《からだ》に似合《にあ》わずおくびょうなラントは、びくびくしながら呼《よ》びかけた。

「シィーッ! しずかに、ラント!」

チキン・リトルが注意《ちゅうい》する。

「もう、がまんできないよ! ぼくをおいて、きみたちだけで行《い》ってくれ。」

ラントは半《はん》べそをかき、壁《かべ》にへばりついたまま動《うご》こうとしなかった。

アビーは腰《こし》に手《て》をあて、ラントをにらみつけた。

「めそめそしないの! こわくなんかないわよ! ゆっくり息《いき》をすって。」

アビーのアドバイスにしたがい、ラントは深《ふか》く息《いき》をすった。深呼吸《しんこきゅう》をくりかえすうちに、だんだん緊張《きんちょう》がほぐれてきた。少《すこ》しだけ勇気《ゆうき》がわいて大胆《だいたん》になってきた。

鼻歌《はなうた》まじりで足早《あしばや》に通路《つうろ》をすすんでいく。

ところが、突然《とつぜん》、ラントの足《あし》がとまった。少《すこ》し先《さき》に見《み》える大《おお》きなスクリーンに、フィッシュの姿《すがた》が映《うつ》っているではないか。しかも、骸骨《がいこつ》になって！
ラントはぞっとして悲鳴《ひめい》をあげた。

12　ぶきみな宇宙船《うちゅうせん》

「フィッシュ！」

アビーとチキン・リトルは同時《どうじ》にさけんだ。

声《こえ》をきいて、フィッシュの骸骨《がいこつ》が三人《にん》のほうをむき、スクリーンの後《うし》ろからでてくると、楽《たの》しそうに手《て》をふった。いつものフィッシュだ。変《か》わったところは、ひとつもない。骸骨《がいこつ》のように見《み》えたのは、X線《エックスせん》をあてたスクリーンにフィッシュの骨格《こっかく》だけが映《うつ》っていたせいだった。

アビーとチキン・リトルはフィッシュのもとにかけより、口々《くちぐち》に問《と》いかけた。

「だいじょうぶ？」

「けがはしてない？」

フィッシュはふだんと変《か》わらず、元気《げんき》いっぱいだった。

「さあ、早《はや》くでましょうよ。」

アビーはチキン・リトルとフィッシュをうながし、あたりを見《み》まわした。

「あら、ラントは？　ラントはどこ？」

フィッシュが指《ゆび》さした。アビーとチキン・リトルは指《ゆび》さす方向《ほうこう》を見《み》た。

ラントは口《くち》をあんぐりあけて、巨大《きょだい》な天体図《てんたいず》を見《み》つめていた。

宇宙船《うちゅうせん》の天井全体《てんじょうぜんたい》が巨大《きょだい》なスクリーンになっていて、そこに天体図《てんたいず》が映《うつ》しだされている。天体図《てんたいず》には、太陽系《たいようけい》のすべての惑星《わくせい》とその軌道《きどう》が示《しめ》されていた。ほとんどの惑星《わくせい》に赤《あか》い×印《じるし》がついている。×印《じるし》のついていない唯一《ゆいいつ》の惑星《わくせい》――地球《ちきゅう》だけは、赤《あか》い○印《じるし》でかこまれている。しかも、あらゆる方向《ほうこう》からのびる赤《あか》い矢印《やじるし》の先《さき》が、すべて地球《ちきゅう》にむけられているのだ！

エイリアンは惑星《わくせい》を次々《つぎつぎ》と侵略《しんりゃく》し、太陽系全体《たいようけいぜんたい》を征服《せいふく》しようとしているにちがいない。

「次《つぎ》の標的《ひょうてき》は地球《ちきゅう》だ！」

チキン・リトルはかすれた声《こえ》でいい、ごくりとつばを飲《の》んだ。

一刻《いっこく》も早《はや》く、ここから逃《に》げださなくては！　四人《にん》の仲間《なかま》たちは、宇宙船《うちゅうせん》のハッチをめざして走《はし》りだした。

と、そのとき、さっき森《もり》に入《はい》っていった二人《ふたり》のエイリアンが、宇宙船《うちゅうせん》にもどってきた。エイリアンは暗《くら》い通路《つうろ》をすすみ、オレンジ色《いろ》の毛《け》におおわれた生《い》き物《もの》がチキン・リトルにウインクしたその場所《ばしょ》までくると、突然《とつぜん》、かん高《だか》い悲鳴《ひめい》をあげた。そこにいるはずのオレンジ色《いろ》の生《い》き物《もの》が、消《き》えていたからだ！　エイリアンたちはひどくうろたえたようすで、あたりをきょろきょろ見《み》まわした。

エイリアンの悲鳴《ひめい》は、アビーやチキン・リトルたちの耳《みみ》にもとどいた。

アビーは、チキン・リトルにささやきかけた。

「家《いえ》までひきかえして、お父《とう》さんにすべて話《はな》して！」

「わかった、わかった。いうとおりにするよ。」

チキン・リトルはうなずくと、仲間《なかま》といっしょに出口《でぐち》をめざして走《はし》りつづけた。

ところが、通路《つうろ》の角《かど》をまがったとき、二人《ふたり》のエイリアンと鉢合《はちあ》わせしてしまった！

長《なが》い五本《ほん》の触手《しょくしゅ》とたまご形《がた》の頭《あたま》を持《も》つ巨大《きょだい》なエイリアンが、チキン・リトルたちの正面《しょうめん》にぬっとそそり立《た》った。三つの赤《あか》い目《め》が、おこっているように見《み》える。

四人組《にんぐみ》はエイリアンのあいだをすりぬけ、ハッチをめざしてひた走《はし》った。ハッチまでたどりつくと、チキン・リトルは壁《かべ》の赤《あか》いボタンをおして通路《つうろ》のドアをしめ、追《お》ってくるエイリアンをさえぎった。そして、すばやくハッチにむかう。

真《ま》っ先《さき》に宇宙船《うちゅうせん》から脱出《だっしゅつ》したのは、フィッシュだった。次《つぎ》に、ラントがハッチをぬけようとする。ところが、大《おお》きなおなかがつかえて、なかなか外《そと》にでられない。

「乗《の》りこんだときは、こんなにせまくなかったよ。」

ラントは文句《もんく》をいった。

「早《はや》く！　いますぐ逃《に》げなきゃ！」

チキン・リトルはラントをせかし、もう一度《ど》赤《あか》いボタンをおした。

すぐ近《ちか》くまでエイリアンがせまってきた。エイリアンがあけようとする通路《つうろ》のドアがひらかないように、チキン・リトルは赤《あか》いボタンをおしつづけた。

アビーは力《ちから》をふりしぼり、ラントの体《からだ》を後《うし》ろからぐいぐいおした。一方《いっぽう》、先《さき》に宇《う》宙船《ちゅうせん》からでたフィッシュは、ラントの足《あし》をつかんでひっぱった。

そしてついに、ドッスン！　大《おお》きな地《じ》ひびきとともに、ラントの体《からだ》はスタジアムのグラウンドに落《お》ちた。つづいて、アビーとチキン・リトルは、ころげ落《お》ちるようにして宇《う》宙船《ちゅうせん》からぬけだした。そのあとから、エイリアンたちが追《お》いかけてくる。

「みんな、早《はや》く！　早《はや》く！」

チキン・リトルは仲間《なかま》をせきたて、スタジアムの外《そと》にひろがる森《もり》の中《なか》に逃《に》げこもうとした。

ところが、のんきなフィッシュだけは、いまだにハッチの下《した》にいた。そして、エイリアンの長《なが》い触手《しょくしゅ》がハッチからでてくると、その先《さき》をつかんでじゃれはじめたのだ。フィッシュには、こわいものなど何《なに》もなかった。エイリアンだろうと何《なん》だろうと、どんな生《い》き物《もの》も大《だい》すきなのだ。地球《ちきゅう》を攻撃《こうげき》しにきた危険《きけん》なエイリアンだというのに、彼《かれ》らと友《とも》だちになろうとした。

チキン・リトルとアビーは凍《こお》りつき、ただ呆然《ぼうぜん》とフィッシュを見《み》つめていた。すばやい行動《こうどう》にでたのはラントだった。ラントはまっすぐハッチまでひきかえすと、フィッシュのヘルメットをむんずとつかみ、わきにかかえこんで仲間《なかま》のところへもどってきた。アビーとチキン・リトルは、ラントの勇《いさ》ましい行為《こうい》に感動《かんどう》していた。気《き》の弱《よわ》い、こわがりやのラントが、危険《きけん》をかえりみずに友《とも》だちをたすけたのだ。

13　エイリアン騒動《そうどう》

二人《ふたり》のエイリアンはハッチからとびおりると、チキン・リトルとその仲間《なかま》たちを追《お》ってオーキー・オークスの森《もり》の中《なか》に入《はい》っていった。

一方《いっぽう》、宇宙船《うちゅうせん》では、オレンジ色《いろ》の毛《け》におおわれた小《ちい》さな生《い》き物《もの》がハッチにあらわれ、そのまま外《そと》にとびおりた。そして、チキン・リトルたちとエイリアンのあとから森《もり》へむかった。

森《もり》では、逃《に》げる四人《にん》をエイリアンたちがしつこく追《お》いつづけていた。チキン・リトルが後《うし》ろをふりかえると、エイリアンたちが長《なが》い触手《しょくしゅ》を木《き》の枝《えだ》にまきつけて、木《き》か

ら木《き》へとわたりながら追《お》ってくるのが見《み》えた。追跡《ついせき》をあきらめる気《き》はなさそうだ。

丘《おか》の頂上《ちょうじょう》までチキン・リトルたちを追《お》ってきた。

四人《にん》は丘《おか》のてっぺんからころげ落《お》ち、ふもとにひろがるトウモロコシ畑《ばたけ》まで落《お》ちていった。そしてすばやく体《からだ》を起《お》こすと、背《せ》の高《たか》いトウモロコシのあいだをぬうようにして走《はし》りだした。

エイリアンたちはトウモロコシ畑《ばたけ》のはずれに立《た》つと、大《おお》きなサーチライトを照《て》らして畑《はたけ》の中《なか》をしらべはじめた。けれど、チキン・リトルと仲間《なかま》たちに気《き》がついたようすはない。

トウモロコシのかげにかくれていたチキン・リトルは、ほっとしてため息《いき》をついた。エイリアンたちは、追跡《ついせき》をあきらめて宇宙船《うちゅうせん》にひきかえすかもしれない。このままおとなしく去《さ》ってくれれば、オーキー・オークスの住民《じゅうみん》に知《し》られることもないのだ。

そう思《おも》った矢先《やさき》、エイリアンたちがチキン・リトルのほうへせまってきた。長《なが》い触手《しょくしゅ》の先《さき》がするどい刃物《はもの》に変《か》わり、トウモロコシをバサッバサッと切《き》りたおしていく。

見《み》つかった！　チキン・リトルと仲間《なかま》たちは、ぱっと立《た》ちあがると、また一目散《いちもくさん》に走《はし》りだした。エイリアンのサーチライトをさけるために、畑《はたけ》の中《なか》をジグザグに走《はし》るうち、トウモロコシ畑《ばたけ》の向《む》こう側《がわ》に高《たか》い塔《とう》が見《み》えてきた。

「学校《がっこう》の鐘《かね》よ！　鐘《かね》を鳴《な》らせば、町《まち》じゅうに警告《けいこく》できるわ！」

アビーがさけんだ。

ついに、四人《にん》は中学校《ちゅうがっこう》にたどりついた。けれど、校門《こうもん》には錠《じょう》がおりていて、校内《こうない》に入《はい》ることができない。

エイリアンはもう畑《はたけ》をでて、背後《はいご》にどんどんせまってくる！

チキン・リトルは、高《たか》い塔《とう》を見《み》あげた。ふいに、いいことを思《おも》いついた。

「そうだ！　ソーダ水《すい》があれば、なんとかなるよ。」

チキン・リトルは、ポケットからくしゃくしゃになったお札《さつ》をだすと、道路《どうろ》わきの自動販売機《じどうはんばいき》に入《い》れようとした。けれど、途中《とちゅう》まで入《はい》っては、もどってくる。

「お札《さつ》のはしが折《お》れまがってる。」

ラントがいった。

「でも、どうしてソーダ水《すい》なの？」

アビーがたずねた。

ラントもソーダ水《すい》を買《か》う理由《りゆう》がわからなかったが、お札《さつ》のしわをのばしてなんとか自動販売機《じどうはんばいき》に入《い》れようとした。

「入《はい》ってくれ！　入《はい》ってくれ！」

ラントは必死《ひっし》の口《くち》ぶりでいったが、お札《さつ》はもどってくる。頭《あたま》にきて自動販売機《じどうはんばいき》をたたきつけ、怒《いか》りにまかせてぐいともちあげた。

傷《きず》つき、へこんだ自動販売機《じどうはんばいき》の中《なか》から、ソーダ水《すい》のボトルがとびだしてきた。

これさえあれば！　チキン・リトルは、プラスチック製《せい》のボトルを何度《なんど》もふって泡《あわ》をたて、そのボトルをさかさにして背中《せなか》に結《むす》びつけた。ズボンをなくした日《ひ》と同《おな》じように、ボトルのふたをとったとたん、チキン・リトルの体《からだ》はロケットのようにいきおいよくとびあがった。

高《たか》い塔《とう》まであがっていくと、チキン・リトルは、鐘《かね》からぶらさがるロープに手《て》をのばした。けれど、ロープをつかみそこない、とっさにレンガ造《づく》りの塔《とう》のでっぱりにつかまった。その拍子《ひょうし》にレンガがくずれ、チキン・リトルは窓《まど》わくまで落《お》ちた。はずみで、背中《せなか》に結《むす》びつけていたソーダ水《すい》のボトルもはずれて落《お》ちた。と、くずれたレンガが、まっすぐチキン・リトルのほうへ！

「あぶないっ！」

アビーとラントは、思《おも》わず声《こえ》をあげた。

間一髪《かんいっぱつ》、チキン・リトルがさっと身《み》をかわすと、レンガはソーダ水《すい》のボトルの真《ま》上《うえ》に落《お》ちた。レンガの重《おも》みでボトルがつぶれ、中《なか》にのこっていたソーダ水《すい》が噴水《ふんすい》のようにふきあがった。ソーダ水《すい》のいきおいで、チキン・リトルの体《からだ》はふたたびおしあげられた。こんどはしっかりとロープをつかんだ。

けれど、ロープをゆすろうとした瞬間《しゅんかん》、一年前《ねんまえ》の悪夢《あくむ》のようなできごとが頭《あたま》をかすめた。あのときも塔《とう》にのぼり、鐘《かね》を鳴《な》らしながらさけんだのだ。「空《そら》が落《お》ちてくる！　空《そら》が落《お》ちてくるぞ！」と。

と、ふいに、下《した》のほうで悲鳴《ひめい》がひびきわたり、チキン・リトルはわれにかえった。アビーとフィッシュとラントが、エイリアンのサーチライトに照《て》らされているではないか！　チキン・リトルは、もうためらわなかった。ぐいっと力《ちから》をこめてロープをゆすった。

ゴーン！　ゴーン！　ゴーン！

鐘《かね》の音《おと》が町《まち》じゅうにひびきわたると、エイリアンは身《み》ぶるいしながら、触手《しょくしゅ》で頭《あたま》をかかえこんだ。そして少《すこ》したためらったすえに、トウモロコシ畑《ばたけ》にこそこそと逃《に》げこんだ。

中学校《ちゅうがっこう》からはなれたところでは、オレンジ色《いろ》の小《ちい》さな生《い》き物《もの》も鐘《かね》の音《おと》をきき、二本《ほん》の足《あし》で耳《みみ》をふさいでいた。そして、音《おと》から逃《に》げるために、地面《じめん》に穴《あな》をほってもぐりこんだ。

そのころ、チキン・リトルのお父《とう》さんは居間《いま》のソファーでテレビを見《み》ていた。オーキー・オークスの住民《じゅうみん》たちは、ウサギも犬《いぬ》も馬《うま》も、それぞれ一日《にち》の最後《さいご》の仕事《しごと》をかたづけたり、のんびりくつろいだりしていた。が、塔《とう》の鐘《かね》の音《おと》がひびいたとたん、だれもがいっせいに、ぴたりと動《うご》きをとめた。あれは……学校《がっこう》の鐘《かね》か？

住民《じゅうみん》が続々《ぞくぞく》と通《とお》りにでてきた。何《なに》か緊急《きんきゅう》の事態《じたい》が起《お》こったにちがいない！

ターキー・ラーキー町長《ちょうちょう》は、動揺《どうよう》する市民《しみん》たちの先頭《せんとう》に立《た》って学校《がっこう》にむかった。

そして、鐘《かね》を鳴《な》らしているチキン・リトルを見《み》あげた。

「チキン・リトル、何《なに》があったんだ？　説明《せつめい》してくれないか。」

市民《しみん》の一人《ひとり》が質問《しつもん》した。

「えっと……それが……。」

チキン・リトルはつっかえた。どう説明《せつめい》してよいかわからなかった。

「ぼくについてきて！」

チキン・リトルはみんなをうながした。

けれど、だれもその場《ば》から動《うご》こうとしなかった。町長《ちょうちょう》の表情《ひょうじょう》をうかがい、指示《しじ》がでるのを待《ま》っている。

「いそいで！　早《はや》く！　早《はや》く！」

チキン・リトルは町長《ちょうちょう》をせかした。

「命令《めいれい》は町長《ちょうちょう》のわしがする。先頭《せんとう》をすすむのは、わしだ。みんな、あとについてきなさい。」

ターキー・ラーキー町長《ちょうちょう》は市民《しみん》たちに命令《めいれい》した。

市民《しみん》たちは、町長《ちょうちょう》とチキン・リトルのあとについてぞろぞろと歩《ある》きだした。

オーキー・オークス・スタジアムに到着《とうちゃく》したとき、突然《とつぜん》、町長《ちょうちょう》が歩《あゆ》みをとめた。

あとにつづく者《もの》たちも立《た》ちどまった。

町長《ちょうちょう》は前《まえ》かがみになると、コインをひろいあげた。

「おお、一セント銅貨《どうか》だ。」

「みんな、早《はや》く！」

チキン・リトルはじりじりしながらいった。

「そうだな。」

町長《ちょうちょう》はうなずき、コインをポケットに入《い》れた。

「いそいで！」

ふたたび、チキン・リトルはせかした。スタジアムの中《なか》に入《はい》っているのは、チキン・リトルだけだ。町長《ちょうちょう》の歩《あゆ》みがのろいので、市民《しみん》たちもなかなか前《まえ》にすすまない。

宇宙船《うちゅうせん》はまだグラウンドに着陸《ちゃくりく》したままだ。エイリアンの一人《ひとり》が宇宙船《うちゅうせん》の窓《まど》から外《そと》をのぞいているのもわかる。けれど、すでにエンジンの音《おと》がひびいている。宇宙《うちゅう》船《せん》は離陸寸前《りりくすんぜん》なのだ！

「早《はや》くしなきゃ、飛《と》んでっちゃうよ！　おねがいだから、いそいで！」

チキン・リトルはたのみこんだ。

町長《ちょうちょう》たちがスタジアムに入《はい》ってきたときには、すでに宇宙船《うちゅうせん》もエイリアンも消《き》えていた。空《そら》のかなたに飛《と》んでいき、見《み》えなくなっていた。

チキン・リトルは泣《な》きたくなった。

「だから、早《はや》くきてっていったのに……！　さっきまで、このスタジアムに宇宙船《うちゅうせん》がいたんだ。うそじゃない！　宇宙船《うちゅうせん》には、悪《わる》いエイリアンも乗《の》っていた。」

町長《ちょうちょう》も市民《しみん》たちも、信《しん》じられないといった顔《かお》つきでチキン・リトルを見《み》つめている。チキン・リトルはうろたえた。宇宙船《うちゅうせん》もエイリアンも消《き》えてしまったいま、どうしてみんなを納得《なっとく》させることができるだろう？

「まだ、はっきりわからないけど……宇宙船《うちゅうせん》のどこかにパネルがあって、その一部《いちぶ》がはがれて空《そら》から落《お》ちてきた。あのとき、ぼくの頭《あたま》にぶつかったのは……そのパネルだったんだ！」

チキン・リトルは説明《せつめい》しようとした。

「また、一年前《ねんまえ》のむしかえしか！」

チータがうめいた。

鐘《かね》の音《おと》をきいてあつまってきた報道陣《ほうどうじん》も、さっさとカメラをしまいはじめた。

チキン・リトルのお父《とう》さんは、両手《りょうて》で顔《かお》をおおってしまった。

「みんな、きいて！　さっきまで、ほんとうに宇宙船《うちゅうせん》がいたんだ！」

チキン・リトルは必死《ひっし》にいった。

「待《ま》って！　実際《じっさい》に、エイリアンがいたのよ！　わたしも見《み》たわ！」

チキン・リトルと市民《しみん》たちのあいだに、アビーが割《わ》って入《はい》った。

ラントも説明《せつめい》をはじめた。

「長《なが》い触手《しょくしゅ》と、赤《あか》い三つの目《め》をもつエイリアンだった。でっかくて、つめがするどくて……。」

「ラント、もうたくさんよ！」

ラントのお母《かあ》さんがさえぎった。お母《かあ》さんは大《おお》きな体《からだ》をゆすりながら群集《ぐんしゅう》の中《なか》からでてくると、ラントの耳《みみ》をぐいとひっつかみ、そのままひきずるようにして去《さ》っていった。

チキン・リトルは、まずお父《とう》さんに信《しん》じてもらおうとした。

「パパ、作《つく》り話《ばなし》じゃない！　アビーやラントも、宇宙船《うちゅうせん》とエイリアンを見《み》たんだ！

こんどこそ信《しん》じてくれるよね？」

チキン・リトルのお父《とう》さんは、少《すこ》ししてから口《くち》をひらいた。

「残念《ざんねん》だが、信《しん》じることはできん。」

そういってため息《いき》をつくと、市民《しみん》たちのほうへむいた。

「すまん、みんな。許《ゆる》してくれ。息子《むすこ》の大《おお》きなあやまちだ。」

「やれやれ、つまらんさわぎのせいで、ひと晩《ばん》むだにすごしてしまった。」

町長《ちょうちょう》がぶつぶついいながら歩《ある》きだすと、市民《しみん》たちもスタジアムをあとにして家《いえ》に帰《かえ》っていった。

同《おな》じころ、トウモロコシ畑《ばたけ》では、オレンジ色《いろ》の生《い》き物《もの》が地面《じめん》にほった穴《あな》からでてきて、夜空《よぞら》に消《き》えていく宇宙船《うちゅうせん》を悲《かな》しそうに見送《みおく》っていた。

それから数分後《すうふんご》、チキン・リトルが畑《はたけ》の近《ちか》くを通《とお》りかかると、オレンジ色《いろ》の生《い》き物《もの》は、気《き》づかれないようにあとについて歩《ある》きだした。この小《ちい》さなエイリアンにとって、見知《みし》らぬ惑星《わくせい》で見《み》おぼえのある生《い》き物《もの》といえば、チキン・リトルだけだった。

14　エイリアンの子《こ》ども

あくる日《ひ》の朝《あさ》、クラック家《け》では、チキン・リトルのお父《とう》さんが、ひっきりなしにかかってくる電話《でんわ》の対応《たいおう》にてんてこまいしていた。一方《いっぽう》の手《て》に受話器《じゅわき》を、もう一方《いっぽう》の手《て》に携帯電話《けいたいでんわ》を持《も》ち、ぺこぺこしながら「もしもし……すみません」をくりかえしていた。

テレビの朝《あさ》のニュースでも昨夜《さくや》のさわぎが報《ほう》じられ、バックのパソコンには、抗《こう》議《ぎ》のメールや、いやがらせのメールが殺到《さっとう》した。

お父《とう》さんが昨夜《さくや》のさわぎの後始末《あとしまつ》に追《お》われているあいだ、チキン・リトルは裏庭《うらにわ》にでて考《かんが》えこんでいた。何《なに》がいけなかったんだろう？　どうしてあんな誤解《ごかい》が生《う》ま

れたんだろう？

ふいに、一冊《さつ》の雑誌《ざっし》がチキン・リトルのとなりにぽとりと落《お》ちた。表紙《ひょうし》には、「TALK《トーク》（会話《かいわ》）」という大《おお》きな見出《みだ》しが見《み》える。チキン・リトルは顔《かお》をあげた。アビーとラントとフィッシュが、心配《しんぱい》して親友《しんゆう》のようすを見《み》にきたのだ。

「お父《とう》さんと話《はな》しあう時間《じかん》さえあれば、ちがった結果《けっか》になってたのに……。」

アビーが雑誌《ざっし》をひろいあげていった。

チキン・リトルは首《くび》をふった。

「いまさら話《はな》しあっても、むだだよ。もう手《て》おくれだ。」

ラントが悲《かな》しい歌《うた》をうたいはじめた。みんなのいまの気持《きも》ちをあらわすのにぴったりの歌《うた》だと思《おも》ったのだ。

「ラント！」

すかさず、アビーはさえぎった。

ラントはうたうのをやめて、悲《かな》しそうに鼻《はな》をならした。

チキン・リトルはため息《いき》をついた。すると、またラントがすすり泣《な》いた。

「ごめん。いまは、ひとりですごしたいんだ。」

チキン・リトルはいった。

親友《しんゆう》たちが去《さ》ったあと、近《ちか》くでまたすすり泣《な》く声《こえ》がきこえてきた。チキン・リトルは、あたりを見《み》まわした。声《こえ》の主《ぬし》はラントではなかった。泣《な》いていたのは、オレンジ色《いろ》の毛《け》におおわれた三つの目《め》をもつ生《い》き物《もの》だった。

小《ちい》さなすすり泣《な》きはだんだん大《おお》きくはげしくなり、ひきつけか何《なに》かの発作《ほっさ》かと思《おも》うくらいになり、手《て》がつけられなくなった。

チキン・リトルはこわくなって、あとずさりした。

さわがしい声《こえ》をきいて、アビー、ラント、フィッシュがひきかえしてきた。

「あれは何《なに》？」

ラントがオレンジ色《いろ》の生《い》き物《もの》を見《み》ながらたずねた。

フィッシュはそばに近《ちか》づくと、やさしく話《はな》しかけた。

「ブラブ。」

生《い》き物《もの》はフィッシュのことばに反応《はんのう》し、ぺちゃくちゃしゃべりはじめた。

「ブラブ。」

フィッシュは答《こた》えた。

「すごいよ、フィッシュ！　エイリアンとことばが通《つう》じるんだね！」

チキン・リトルは、おどろいて声《こえ》をあげた。アビーとラントも、あっけにとられた顔《かお》をしている。

生《い》き物《もの》はますます大《おお》きな声《こえ》でしゃべりだした。

「ブラブ、ブラブ。」

フィッシュは声《こえ》をかけてはげまし、話《はな》をつづけるようにうながした。

オレンジ色《いろ》の生《い》き物《もの》は、早口《はやくち》でしゃべりながら小《ちい》さな足《あし》で空《そら》をさすと、何《なに》かの音《おと》をまねて「シューッ！」といった。

「ブラブ！」

フィッシュはおどろいて息《いき》をのんだ。小《ちい》さなエイリアンのしゃべっていることがすべて理解《りかい》できたのだ。

チキン・リトルとアビーとラントには、ちんぷんかんぷんだった。フィッシュとエイリアンとの会話《かいわ》を、目《め》をぱちくりさせながらきいていた。

フィッシュは、いまきいた話《はなし》を親友《しんゆう》たちのために翻訳《ほんやく》した。

「つまり、このオレンジ色《いろ》の生《い》き物《もの》はエイリアンの子《こ》どもで、名前《なまえ》はカービー。宇《う》宙船《ちゅうせん》の外《そと》にでて迷子《まいご》になったんだね？」

チキン・リトルはたずねた。

「あの二人《ふたり》のエイリアンは、この子《こ》のお父《とう》さんとお母《かあ》さんだったの？」

アビーがきいた。

フィッシュはうなずいた。

チキン・リトルはエイリアンの子《こ》どもに話《はな》しかけた。

「心配《しんぱい》しなくてだいじょうぶだよ、カービー。きっと、ぼくたちがパパとママのところへもどしてあげるから。」

三つの目《め》をもつオレンジ色《いろ》のエイリアンの子《こ》、カービーは、姿《すがた》こそちがうが、地《ち》球《きゅう》に住《す》む子《こ》どもたちと何《なに》も変《か》わらない。むじゃきな、ふつうの子《こ》どもにすぎなかった。ひとりぼっちで知《し》らない星《ほし》にのこされて、おびえているだけなのだ。

15　宇宙《うちゅう》からの大船団《だいせんだん》

それからまもなくのこと、突然《とつぜん》、とどろくようなぶきみな音《おと》が、天《てん》からひびきわたった。

チキン・リトルのお父《とう》さんは、家《いえ》からとびだして空《そら》を見《み》あげた。宇宙船《うちゅうせん》の大船団《だいせんだん》が、オーキー・オークスの町《まち》の上空《じょうくう》にあらわれたのだ！　その瞬間《しゅんかん》、空《そら》がするどい音《おと》をたてて切《き》りさかれたように見《み》えた。

市民《しみん》たちも通《とお》りにとびだしてきた。宇宙船《うちゅうせん》の数《かず》の多《おお》さにおどろき、あわてふためいた。宇宙人《うちゅうじん》が地球《ちきゅう》にせめてきたのだろうか？

一方《いっぽう》、おいてきぼりにされたカービーは、宇宙船《うちゅうせん》の群《む》れを見《み》るとうれしそうに

フィッシュに話《はな》しかけた。

「ブラブ。」

フィッシュは、ほほえみながら答《こた》えた。

「あの宇宙船《うちゅうせん》のどれかに、きみのパパとママがいるの？」

チキン・リトルはたずねた。

カービーは、何《なに》やら熱心《ねっしん》にしゃべった。

「宇宙艦隊《うちゅうかんたい》をひきつれてやってきたのかな？」

チキン・リトルは不安《ふあん》そうに空《そら》を見《み》あげた。

宇宙船《うちゅうせん》が地面近《じめんちか》くまでおりてくると、カービーはそちらの方向《ほうこう》へかけだした。通《とお》りを行《ゆ》きかう車《くるま》は、ふいにとびだしてきたオレンジ色《いろ》の生《い》き物《もの》にぶつかりそうになり、あわてていろんな方向《ほうこう》へハンドルを切《き》った。

「子《こ》どもに気《き》をつけて！　ひいちゃうよ！」

チキン・リトルは車《くるま》の運転席《うんてんせき》にむかって大声《おおごえ》でいい、カービーを追《お》いかけようとした。と、そのとき、突然《とつぜん》、お父《とう》さんに腕《うで》をつかまれた。

「おまえのいったとおりだった。宇宙《うちゅう》からの侵略者《しんりゃくしゃ》だ。」

チキン・リトルは深《ふか》く息《いき》をすうと、

「宇宙船《うちゅうせん》がやってきたのは……地球《ちきゅう》を攻撃《こうげき》するためじゃない。エイリアンの子《こ》をむかえにきたんだよ。」

お父《とう》さんにすばやく説明《せつめい》しようとした。

「たまたま、あの子《こ》を地球《ちきゅう》にのこしてきたから、とりかえしにきたんだ。それだけだよ。だから、パパ、手《て》を貸《か》して。あの子《こ》を安全《あんぜん》に、両親《りょうしん》のところにもどしてやりたいんだ。ぼくたちがたすけなかったら、ほかにだれがたすけるの？」

「なんだって！」

お父《とう》さんは、あきれたように声《こえ》をあげた。

チキン・リトルは口《くち》をつぐんだ。お父《とう》さんの顔《かお》に本心《ほんしん》があらわれている。息子《むすこ》がまた、わけのわからないことをいいだした、とでもいいたげな表情《ひょうじょう》だ。

「もういいよ。いまいったことはわすれて。やっぱり、ぼくを信《しん》じてないいんだね。」

それだけいうと、エイリアンの子《こ》を追《お》って走《はし》りだした。

バックも息子《むすこ》を追《お》いかけた。

「もどってこい！　チキン・リトル！」

アビーとラントとフィッシュも通《とお》りをかけだした。

「おじさん、わかってあげて！　チキン・リトルのいってることは、ぜんぶほんとうよ！」

アビーはさけんだ。

16　親子《おやこ》の対話《たいわ》

一方《いっぽう》、宇宙船《うちゅうせん》の母艦《ぼかん》では、行方不明《ゆくえふめい》になったエイリアンの子《こ》どもの両親《りょうしん》が、そわそわしながら新《あたら》しい情報《じょうほう》を待《ま》っていた。地表近《ちひょうちか》くから捜索《そうさく》をつづけているものの、まだ子《こ》どもの安否《あんぴ》さえわからないのだ。

「息子《むすこ》の消息《しょうそく》を知《し》る手《て》がかりは、ないのかしら？」

「残念《ざんねん》ながら、ありません。地上軍《ちじょうぐん》を送《おく》りこむしかないでしょう。」

母艦《ぼかん》の操縦士《そうじゅうし》が答《こた》えた。

まもなく、宇宙船《うちゅうせん》の群《む》れは続々《ぞくぞく》と着陸《ちゃくりく》し、地上軍《ちじょうぐん》がオーキー・オークスの町《まち》に送《おく》りこまれた。市民《しみん》たちは、宇宙船《うちゅうせん》からおりてきた無数《むすう》のエイリアンを見《み》て、血《ち》の凍《こお》る思《おも》いをした。金属製《きんぞくせい》のスーツを着《き》たエイリアンは、以前《いぜん》、チキン・リトルたちをトウモロコシ畑《ばたけ》まで追《お》ってきたエイリアンとそっくりだ。たまご形《がた》の頭《あたま》、長《なが》い五本《ほん》の触手《しょくしゅ》、三つの光《ひか》る赤《あか》い目《め》……ぞっとするような姿《すがた》だった。頭《あたま》のてっぺんが、ゆうに二階建《かいだ》ての屋根《やね》までとどきそうな大《おお》きさだ。

「逃《に》げろ！　逃《に》げろ！」

市民《しみん》の一人《ひとり》がさけんだ。

そのころ、町《まち》の広場《ひろば》には、キツネのフォクシーとガチョウのグーシーがいた。エイリアンは、広場《ひろば》にもあらわれた。宇宙船《うちゅうせん》の一隻《せき》が、フォクシーのちょうど正面《しょうめん》におりてきたのだ。

いじめっ子《こ》のフォクシーは、逃《に》げなかった。大《おお》きな石《いし》をつかんでエイリアンに投《な》げつけようとした。仲間《なかま》のグーシーも、フォクシーをまねて石《いし》をつかんだ。

フォクシーは、めいっぱい力《ちから》をこめて石《いし》を投《な》げた。けれど、何《なん》のききめもなかった。金属《きんぞく》の体《からだ》にあたって、はねかえっただけだった。おかえしに、フォクシーは青《あお》い光線《こうせん》をあびせられ、その体《からだ》は瞬時《しゅんじ》にちりとなって消《き》えてしまった。

グーシーはぞっとして石《いし》を捨《す》てると、さっと向《む》きを変《か》えて逃《に》げだした。

同《おな》じころ、エイリアンの子《こ》カービーは、逃《に》げまどう市民《しみん》たちで大混乱《だいこんらん》する通《とお》りをジグザグに歩《ある》きながら、両親《りょうしん》の宇宙船《うちゅうせん》を見《み》つけに行《い》こうとしていた。ちょうどそこへ、大《おお》きなトラックが走《はし》ってきた。トラックは、まっすぐカービーのほうへつっこみそうになった。

あとを追《お》ってきたチキン・リトルは息《いき》をのんだ。あぶない！　このままではひかれてしまう！　チキン・リトルは、通《とお》りかかった別《べつ》の車《くるま》に突進《とっしん》すると、長《なが》くつきでたアンテナをひっつかんだ。弾力性《だんりょくせい》のあるアンテナは手前《てまえ》に大《おお》きくたわみ、その反《はん》

動《どう》で、パチンコのようにチキン・リトルを反対側《はんたいがわ》へはじきとばした。

チキン・リトルは空中《くうちゅう》でさっと両手《りょうて》をつきだし、エイリアンの子《こ》をうまくつかまえた。二人《ふたり》はそのまま宙《ちゅう》を飛《と》んだすえに、映画館《えいがかん》の入《い》り口《ぐち》をつきぬけ、客席《きゃくせき》をとびこえてスクリーンにつっこんだ。

スクリーンをすべり落《お》ちながら、チキン・リトルはお父《とう》さんの声《こえ》をきいた。エイリアンの子《こ》はバック・クラックの大《おお》きな体《からだ》におびえ、さっとステージの幕《まく》のかげにかくれてしまった。

お父《とう》さんは目《め》をまるくすると、

「こんなところで、何《なに》やってるんだ？　気《き》はたしかか？」

お父《とう》さんは、チキン・リトルのあとを追《お》いはじめたものの、途中《とちゅう》で見《み》うしなってしまった。そして、通《とお》りをうろついているとき、たまたま、息子《むすこ》が映画館《えいがかん》にとびこむところを目撃《もくげき》したのだ。エイリアンの子《こ》がいることにも、チキン・リトルがその子《こ》を救《すく》おうとしたことにも、気《き》がつかなかった。

「とにかく、ここからでよう！　まったく！　一人《ひとり》で、とんだりはねたり……。」

お父《とう》さんはぶつぶついいながら息子《むすこ》の手《て》をつかみ、映画館《えいがかん》からでようとした。

「待《ま》って！　パパ！」

チキン・リトルはさえぎった。

そのとき、アビーが客席《きゃくせき》にすっとんできた。チキン・リトルのお父《とう》さんを追《お》ってきたのだ。

「二人《ふたり》とも何《なに》やってるの？　エイリアンのせいで、町《まち》がめちゃめちゃになってるってときに！　ぐずぐずしてる場合《ばあい》じゃないでしょ！」

アビーは息《いき》を切《き》らしながらいった。

チキン・リトルは少《すこ》しためらったあと、お父《とう》さんの目《め》をまっすぐ見《み》ながら切《き》りだした。

「パパは、一度《ど》もぼくを信《しん》じてくれなかった！　味方《みかた》もしてくれなかった！」

アビーは、びっくりして目《め》をぱちくりさせた。お父《とう》さんとの話《はな》しあいを、よりによって、こんなときにするなんて！

「なんだって……？」

バックは、ぽかんとしてききかえした。

「一度《ど》もぼくの味方《みかた》をしてくれなかったって、いったんだよ！　野球《やきゅう》の試合《しあい》で勝《か》ったときは、いっしょによろこんでくれた。でも……空《そら》が落《お》ちてきたっていったときも、スタジアムに宇宙船《うちゅうせん》がいたって話《はな》したときも、パパは信《しん》じてくれなかった！　いまだって、ぼくの気持《きも》ちにも、ぼくのやろうとしてることにも、ちっとも気《き》づいてない！　気《き》づこうともしないんだ！」

チキン・リトルは、たまっていた感情《かんじょう》を一気《いっき》にはきだした。

「まさか、ここではじめるとは思《おも》わなかったけど、親子《おやこ》で話《はな》しあうのはいいことよ。

さあ、つづけて！　つづけて！」

アビーがいった。

「一年前《ねんまえ》の事件《じけん》のときからずっと、パパは、ぼくのこと、はずかしがってるんだ。これまでさけてきたけど、ちゃんと話《はな》しあうべきだと思《おも》う。」

チキン・リトルは話《はなし》をつづけた。

バックは息子《むすこ》の目《め》をじっと見《み》つめ、それから、ため息《いき》をついた。

「パパが悪《わる》かった。そんなふうに感《かん》じてるなんて……気《き》づかなかった。でも、おまえをはじたことは一度《ど》もないよ。亡《な》くなったおまえのママとちがって、パパは不器《ぶき》用《よう》だから、こういう問題《もんだい》をあつかうのは苦手《にがて》だがな。しかし、これだけはわかってほしい。どんなことがあろうと、パパはおまえを愛《あい》してるってことを。」

チキン・リトルとお父《とう》さんは、もともと仲《なか》のよい親子《おやこ》だった。心《こころ》をひらいて真剣《しんけん》に話《はな》しあえば、わだかまりも気《き》持《も》ちのずれも、たちまち消《き》えてしまう。

父《ちち》と子《こ》は、ぎゅっとだきあった。

「すっきり解決《かいけつ》したわね。さあ、行《い》きましょう！」

アビーがいった。

「ちょっと待《ま》って。」

チキン・リトルはステージの幕《まく》を後《うし》ろへひくと、

「この子《こ》の名前《なまえ》はカービー。ぼくたちがやらなきゃいけないのは、カービーをお父《とう》さんとお母《かあ》さんの待《ま》つ宇宙船《うちゅうせん》に帰《かえ》してやることだ。」

かくれ場所《ばしょ》をうしなった小《ちい》さなエイリアンは、こわさのあまり、必死《ひっし》になって攻《こう》撃《げき》にでた。いきなりバックの頭《あたま》にとびのり、といかにかみついたのだ。

「いきなり暴力《ぼうりょく》か！　こんな乱暴《らんぼう》な子《こ》に、たすけがいるのか？」

小《ちい》さなエイリアンをひきはなそうとしながら、バックはいった。

「そんなおかしな、おかしな……。」

かっとなって声《こえ》を荒《あら》らげたが、チキン・リトルの表情《ひょうじょう》に気《き》づいて、あわてていいなおす。

「そんな……すばらしいアイディアなら、パパも手《て》を貸《か》そう。どうすればいい？ 何《なん》でもやるぞ。」

チキン・リトルの顔《かお》がぱっとかがやいた。

「本気《ほんき》なの？」

「もちろんだとも！」

バックはエイリアンの子《こ》をつかむと、かみつかれないように腕《うで》をぐいとのばした。

チキン・リトルはステージからとびおりて、映画館《えいがかん》の入《い》り口《ぐち》のほうへ歩《ある》きだした。

「パパ、きて！ 地球《ちきゅう》を救《すく》うことにもなるんだ！」

小《ちい》さなエイリアンは、またバックの頭《あたま》にかみつき、羽《はね》を二、三本《ぼん》むしった。

「いたいっ！」

バックはさけんだ。

「こいつは、かじるのがすきだな。」

突然《とつぜん》、チキン・リトルはくるりと向《む》きを変《か》えると、アビーのほうへかけだした。

そして椅子《いす》にとびのり、アビーの目《め》を見《み》つめた。

「えっと、前《まえ》からいいたかったんだけど、きみってすごく魅力的《みりょくてき》だよ！」

いきなりアビーをひきよせると、チュッと音《おと》をたててキスをした。

アビーの愛読《あいどく》する雑誌《ざっし》には、こんなときにどうするかまでは書《か》いていなかった。

アビーは何《なに》もいえず、ただ夢見《ゆめみ》るような表情《ひょうじょう》でほほえむだけだった。

17　エイリアンの攻撃《こうげき》

金属製《きんぞくせい》のスーツを着《き》たエイリアンたちは、町《まち》のいたるところにあらわれ、青《あお》いレーザー光線《こうせん》をだれかれかまわず発射《はっしゃ》した。

バックとチキン・リトルの親子《おやこ》、それにアビーが映画館《えいがかん》をでるころ、オーキー・オークスの町《まち》はエイリアンたちの攻撃《こうげき》をうけて、ひどいありさまになっていた。通《とお》りのあちこちにくずれたレンガや割《わ》れたガラスが散乱《さんらん》し、こわれたり、横《よこ》だおしになったりしている車《くるま》も見《み》られた。

がれきをよけながら通《とお》りを走《はし》っていたラントとフィッシュは、チキン・リトルたちから少《すこ》しおくれてやってくるアビーに気《き》づいて、そちらへ近《ちか》づいていった。

「待《ま》って、アビー！」

ラントが大声《おおごえ》で呼《よ》びとめる。

アビーのようすがへんだ。名前《なまえ》を呼《よ》ばれても気《き》づかないようすで、ぼんやり歩《ある》いている。

「おい、フィッシュ、なんだか、アビーがおかしいよ。きっと、エイリアンにたましいをぬかれちゃったんだ！」

ラントは心配《しんぱい》そうにいった。

アビーはうっとりした顔《かお》で、周囲《しゅうい》の音《おと》にも友《とも》だちの声《こえ》にも気《き》づかないようすだった。チキン・リトルのキスで、すっかり恋《こい》する女《おんな》の子《こ》になってしまったのだ。

「さて、チキン・リトル、これからどうすればいいんだ？」

バック・クラックは息子《むすこ》にたずねた。

「かんたんだよ、パパ。この子《こ》をお父《とう》さんとお母《かあ》さんにわたすだけ。それだけでいいんだ！」

チキン・リトルはお父《とう》さんに自分《じぶん》の作戦《さくせん》について説明《せつめい》しながら、エイリアンの子《こ》をだいて通《とお》りをすすんでいった。行《ゆ》く手《て》の広場《ひろば》に、エイリアンの姿《すがた》が見《み》える。あのエイリアンにカービーをわたせば、攻撃《こうげき》をやめてくれるにちがいない。バックは一《いっ》瞬《しゅん》ためらったが、すぐに覚悟《かくご》を決《き》めて息子《むすこ》のあとにつづいた。

一方《いっぽう》、エイリアンは広場《ひろば》をつっきり、タウンホールのドアをやぶって中《なか》にふみこんだ。ターキー・ラーキー町長《ちょうちょう》はすっかりおじけづき、自分《じぶん》のほうから町《まち》をあけわたそうとした。

「降伏《こうふく》しよう！　さあ、タウンホールの玄関《げんかん》のキーをわたすから、この部屋《へや》からでていってくれ！」

エイリアンはレーザー光線《こうせん》を発射《はっしゃ》して、町長《ちょうちょう》の手《て》からキーをはらい落《お》とした。けれど、その場《ば》から動《うご》こうとしなかった。

「それとも、わたしの車《くるま》のキーがほしいのか？」

町長《ちょうちょう》はびくびくしながら、ポケットの中《なか》を手《て》さぐりしはじめた。しかし、その直《ちょく》後《ご》、青《あお》いレーザー光線《こうせん》をあびて消《き》えてしまった。

広場《ひろば》を横《よこ》ぎろうとしていたチキン・リトルは、タウンホールの窓《まど》ごしに、町長《ちょうちょう》が消《き》える瞬間《しゅんかん》を目撃《もくげき》した。とたんに、くるりと向《む》きを変《か》えると、お父《とう》さんにいった。

「だめだ！　作戦《さくせん》一は取《と》り消《け》し。この子《こ》をわたす前《まえ》に、レーザー光線《こうせん》で消《け》されてしまいそうだ！」

そのとき、町長《ちょうちょう》にレーザー光線《こうせん》をあびせたエイリアンがふりむき、チキン・リトルがだいているカービーに気《き》がついた。

捜索中《そうさくちゅう》の迷子《まいご》だ！　エイリアンは、まず、体《からだ》の大《おお》きなねらいやすい敵《てき》、バック・クラックにレーザー銃《じゅう》の照準《しょうじゅん》を合《あ》わせた。

レーザー光線《こうせん》は、チキン・リトルとお父《とう》さんのあいだをつきぬけた。二人《ふたり》はびっくりしてとびのくと、通《とお》りにむかって一目散《いちもくさん》に走《はし》りだした。

エイリアンは、緊急事態《きんきゅうじたい》を知《し》らせるサイレンを鳴《な》らしはじめた。

チキン・リトルとお父《とう》さんは、駐車《ちゅうしゃ》している車《くるま》のかげにかくれた。

「こんどはどうする？　どんなプランにしろ、わたしは百パーセント協力《きょうりょく》するぞ。」

お父《とう》さんがいった。

チキン・リトルはお父《とう》さんにカービーをわたすと、

「作戦《さくせん》二に変更《へんこう》！」

「なるほど、作戦《さくせん》二か。」

お父《とう》さんはうなずいたあとで、質問《しつもん》した。

「ところで、作戦《さくせん》二って、どんな作戦《さくせん》なんだ？」

そのとき急《きゅう》に、カービーがもぞもぞしはじめた。

お父《とう》さんはたずねた。

「トイレに行《い》きたいのか？　それともジュースが飲《の》みたいのか？　おやつか？」

カービーははげしく首《くび》をふると、バックの肩《かた》によじのぼり、バックの頭《あたま》をタウンホールのほうへひねった。建物《たてもの》の上空《じょうくう》には、宇宙船《うちゅうせん》がただよっている。

やっと、バックにもエイリアンの子《こ》のいいたいことが理解《りかい》できた。チキン・リトルにもわかった。

「あそこにパパとママがいるんだね？」

チキン・リトルはたずねた。

小《ちい》さなエイリアンはうなずいて、しきりに何《なに》やらしゃべりはじめた。チキン・リトルのことばを理解《りかい》しているようだ。

「そうだ、パパ、やっぱり作戦《さくせん》二でいくよ！」

チキン・リトルは、作戦《さくせん》二について早口《はやくち》で説明《せつめい》しはじめた。

「エイリアンのレーザー光線《こうせん》をあびないように、まず、車《くるま》のあいだをジグザグに走《はし》りながら、広場《ひろば》を横切《よこぎ》る。それからタウンホールの屋根《やね》にあがって、この子《こ》をお父《とう》さんとお母《かあ》さんにかえすんだ。」

「なるほど、名案《めいあん》だ！」

バックは賛成《さんせい》したが、本気《ほんき》で〝名案《めいあん》〟だと思《おも》っているような表情《ひょうじょう》ではなかった。

18　チキン・リトルの計画《けいかく》

「突撃《とつげき》ーっ！」

バックはエイリアンの子《こ》をだいて威勢《いせい》よく声《こえ》をあげると、かけだしたチキン・リトルのあとにつづいた。

走《はし》る途中《とちゅう》で、バックはがれきにつまずいてしまった。はずみでカービーが腕《うで》からすりぬけ、宙《ちゅう》を飛《と》んだ。とっさに、チキン・リトルが小《ちい》さな腕《うで》をさしだしてすばやくうけとめ、そのまま走《はし》りつづける。

エイリアンはレーザー銃《じゅう》の照準《しょうじゅん》をすばやくチキン・リトルにあわせ、たてつづけに発射《はっしゃ》した。レーザー光線《こうせん》は、チキン・リトルのすぐ近《ちか》くの車《くるま》に命中《めいちゅう》した。光線《こうせん》をあびると同時《どうじ》に、車《くるま》はぱっと消《き》えていく。

ついに、バックとチキン・リトルはタウンホールにたどりついた。ところが、気《き》がついてみると、二人《ふたり》はまわりをエイリアンの群《む》れにかこまれていた。

「どうする、チキン・リトル？」

お父《とう》さんはたずねた。

「消防車《しょうぼうしゃ》だ！」

チキン・リトルは、自分《じぶん》たちのほうへ走《はし》ってくる車《くるま》を指《ゆび》さした。

消防車《しょうぼうしゃ》が近《ちか》づいてくるにつれて、運転手《うんてんしゅ》の顔《かお》がはっきり見《み》えてきた。ラントだ！

ハンドルをにぎっているのは、友《とも》だちのラントだった。しかし、体《からだ》が大《おお》きすぎて、おしりが窓《まど》からはみだしている。となりに、フィッシュの姿《すがた》も見《み》える。

床《ゆか》のアクセルやブレーキを操作《そうさ》しているのは、アビーだった。アビーの協力《きょうりょく》で、ラントはチキン・リトルとお父《とう》さんのところまで消防車《しょうぼうしゃ》を走《はし》らせると、エイリアンのレーザー光線《こうせん》が発射《はっしゃ》される前《まえ》に二人《ふたり》を乗《の》せた。チキン・リトルとお父《とう》さんは、消《しょう》防車《ぼうしゃ》にすばやくとびのり、車体《しゃたい》の後《うし》ろについている取《と》っ手《て》につかまった。

消防車《しょうぼうしゃ》が町《まち》の広場《ひろば》をぬけると、フィッシュは窓《まど》から身《み》をのりだし、サイレンを鳴《な》らした。少《すこ》しでも早《はや》く、この場《ば》をはなれなければ！

ところが、ふいに、チキン・リトルが大声《おおごえ》で指示《しじ》した。

「ラント、U《ユー》ターンして！　タウンホールへもどるんだ！」

「だけど……レーザー光線《こうせん》で消《け》されちゃうよ！」

ラントは泣《な》きそうな声《こえ》でいった。

「ラント、いうとおりにして！　きっと、うまくいくから！」

チキン・リトルはきっぱりといった。

ラントは歯《は》ぎしりすると、

「ブレーキをかけて、アビー！　いっぱいに！」

消防車《しょうぼうしゃ》の後部《こうぶ》が回転《かいてん》して、タイヤがキキーッときしった。U《ユー》ターンして、エイリアンとむきあうことになった。

「アクセル、いっぱい！」

チキン・リトルがさけんだ。

と、すかさず、アビーがアクセルをふむ。消防車《しょうぼうしゃ》は、レーザー光線《こうせん》を発射《はっしゃ》するエイリアンのほうにむかってフルスピードで走《はし》りはじめた。

レーザー光線《こうせん》が消防車《しょうぼうしゃ》をかすめるたびに、バックは生《い》きた心地《ここち》もせず、大声《おおごえ》でわめいた。

エイリアンたちも、まっすぐ消防車《しょうぼうしゃ》のほうへすすんでくる。ちっぽけなハエに、巨大《きょだい》なクモがじわじわと近《ちか》づいてくるかのようだ。

フィッシュがすばやく消防車《しょうぼうしゃ》の屋根《やね》によじのぼり、はしごを固定《こてい》している留《と》め具《ぐ》をはずした。はしごは大《おお》きな弧《こ》をえがきながらたれさがり、エイリアンの長《なが》い触手《しょくしゅ》

にぶつかった。

エイリアンたちは、次々《つぎつぎ》につつんのめってたおれていった。

「ブラーブ！」

フィッシュはうれしそうに声《こえ》をあげ、ひれをふった。

「ヤッホーッ！」

ラントも歓声《かんせい》をあげた。と、そのとき、消防車《しょうぼうしゃ》がタウンホールの建物《たてもの》にぶつかりそうになっていることに気《き》づいた！

消防車《しょうぼうしゃ》はそのまま入《い》り口《ぐち》に突入《とつにゅう》し、そのはずみで、バックとチキン・リトルとカービーは投《な》げだされ、建物《たてもの》にとびこむ結果《けっか》になった。計画《けいかく》にはない方法《ほうほう》だったが、いずれにしろ、タウンホールに入《はい》るという目的《もくてき》はかなえられた。

こわれたエレベーターの横《よこ》に着地《ちゃくち》すると、バックが階段《かいだん》を指《ゆび》さしながらさけんだ。

「あの階段《かいだん》をのぼろう！」

タウンホールの最上階《さいじょうかい》までは、十階以上《かいいじょう》もある。カービーは、一段《だん》ごとに何《なに》かいいながら階段《かいだん》をのぼっていった。最初《さいしょ》はバックにもチキン・リトルにも、ちんぷんかんぷんだった。が、そのうちに、「ひとつ、ふたつ……」と、段《だん》の数《かず》をかぞえているのだと気《き》がついた。地球《ちきゅう》のおさない子《こ》と少《すこ》しも変《か》わらない。二人《ふたり》はしだいに、エイリアンのことばが理解《りかい》できるようになった。

七、八階《かい》までのぼるころには、太《ふと》ったバックの足《あし》は痛《いた》み、息切《いきぎ》れして、そこから先《さき》へすすめなくなった。

少《すこ》し前《まえ》までのバックなら、息子《むすこ》に弱《よわ》みを見《み》せまいとしただろう。けれど、なんでも話《はな》しあい、たすけあおうと決《き》めたいまなら、息子《むすこ》に対《たい》して正直《しょうじき》になれる。

「すまん、チキン・リトル、ささえてくれんか！」

バックはすなおにたのんだ。

チキン・リトルとカービーは、バックに手《て》を貸《か》してひっぱりながらのぼっていき、ついに最上階《さいじょうかい》にたどりついた。

小《ちい》さなドアをあけて、金《きん》でおおわれた丸屋根《まるやね》にでると、チキン・リトルとカービーはてっぺんまでよじのぼった。

けれど、太《ふと》ったバックには、屋根《やね》に通《つう》じるドアをぬけることさえできなかった。

「だめだ。通《とお》れん。」

バックはドアに体《からだ》をはさまれたまま、息子《むすこ》にいった。

「もどってこい、チキン・リトル！　ここは危険《きけん》だ。」

「へいきだよ、パパ！　ちゃんとできるさ。ぼくを信《しん》じて。」

チキン・リトルは答《こた》えた。

少《すこ》しのあいだ、バックは考《かんが》えた。

チキン・リトルのいう宇宙船《うちゅうせん》やエイリアンの話《はなし》は、すべて真実《しんじつ》だったではないか。

野球《やきゅう》をやりたいといいだしたときも、この子《こ》にはむりだと思《おも》ったが、みごとに晴《は》れ舞台《ぶたい》でチームを勝利《しょうり》にみちびいたではないか。そろそろ息子《むすこ》を信《しん》じてやるべきだ。

「わかった。やってみろ。」

チキン・リトルはカービーをかかえたまま、頭上《ずじょう》の宇宙船《うちゅうせん》を見《み》あげた。宇宙船《うちゅうせん》の底《そこ》から、目《め》がくらむようなまぶしい光《ひかり》がもれてくる。

チキン・リトルは丸屋根《まるやね》のてっぺんにのぼると、エイリアンの子《こ》を光《ひかり》のほうに高々《たかだか》とさしあげた。

「坊《ぼう》やはここです！　ほら、見《み》て！　ここにいますよ！」

チキン・リトルは宇宙船《うちゅうせん》にむかって大声《おおごえ》をあげた。

と、そのとき、二人《ふたり》のエイリアンが屋根《やね》にあらわれ、チキン・リトルのほうへのぼりはじめた。

たいへんだ！　息子《むすこ》があぶない！　ドアの向《む》こうからようすを見《み》ていたバックは、渾身《こんしん》の力《ちから》をこめて小《ちい》さなドアをつきぬけ、屋根《やね》にとびだした。

「チキン・リトル！　パパはここだ！」

二人《ふたり》のエイリアンは武器《ぶき》をひきぬき、チキン・リトルのほうへ突進《とっしん》しようとした。

「おれの息子《むすこ》に近《ちか》づくな！」

バックはかっとしてわめき、エイリアンの一人《ひとり》をけとばした。けれど、別《べつ》のエイリアンに後《うし》ろから体《からだ》をつかまれて、動《うご》きがとれなくなった。気《き》がついてみると、いつのまにか数人《すうにん》のエイリアンにかこまれていた。

次《つぎ》の瞬間《しゅんかん》、宇宙船《うちゅうせん》の中《なか》から青《あお》いレーザー光線《こうせん》が発射《はっしゃ》され、バックもチキン・リトルもカービーも、透明人間《とうめいにんげん》のように空中《くうちゅう》の霧《きり》となって消《き》えてしまった。

19　再会《さいかい》した親子《おやこ》

一度《ど》消《き》えたチキン・リトルとお父《とう》さんは、宇宙船《うちゅうせん》の奥深《おくふか》くにある暗《くら》いぶきみな一《いっ》室《しつ》でもとの姿《すがた》にもどった。けれど、二人《ふたり》の体《からだ》は宙《ちゅう》にうき、床《ゆか》におりることもできない。その部屋《へや》には、レーザー光線《こうせん》で消《け》されたはずのほかの市民《しみん》たちもいた。バックは、オレンジ色《いろ》のエイリアンの子《こ》をしっかりつかんだままだった。

部屋《へや》の壁一面《かべいちめん》をおおうスクリーンに、突然《とつぜん》、大《おお》きな三つの目《め》があらわれた。赤《あか》い体《からだ》をしたエイリアンの、目《め》の部分《ぶぶん》が映《うつ》しだされているようだ。三つの目《め》は、チキン・リトルとお父《とう》さんをにらんでいる。

「なぜ、われわれの子《こ》どもをつれさったんだ？」

赤《あか》いエイリアンは大声《おおごえ》で問《と》いつめた。

「息子《むすこ》がつれさったわけじゃない。この子《こ》が勝手《かって》についてきたんだ。無責任《むせきにん》なのはきみたち親《おや》のほうじゃないか。子《こ》どもが勝手《かって》にほっつき歩《ある》かないように、ちゃんと監視《かんし》するべきだ。」

バックはいいかえした。

「うるさい！　子《こ》どもをはなせ！」

赤《あか》いエイリアンはどなった。

バックはカービーをそっと床《ゆか》におろした。

カービーが部屋《へや》のすみによちよちと歩《ある》いていくと、ドアがひらき、向《む》こう側《がわ》に入《はい》ると、すぐにまたドアがしまった。

バックとチキン・リトルは小《ちい》さくため息《いき》をついた。エイリアンの子《こ》どもを両親《りょうしん》のもとへぶじに帰《かえ》すことができて、心底《しんそこ》ほっとしていた。

「おまえたちは、銀河系宇宙間条令《ぎんがけいうちゅうかんじょうれい》九〇二一〇条《じょう》に違反《いはん》した。銃殺《じゅうさつ》に値《あたい》する重大《じゅうだい》な罪《つみ》だ。おまえたちの体《からだ》は分解《ぶんかい》して粒子《りゅうし》となり、宇宙《うちゅう》をただようのだ。」

赤《あか》いエイリアンが低《ひく》い重々《おもおも》しい声《こえ》で告《つ》げた。

と、同時《どうじ》に、銃《じゅう》をかまえたエイリアンたちがチキン・リトルとお父《とう》さんをとりかこんだ。そのとき、スクリーンの右手《みぎて》に小《ちい》さな三つの目《め》が映《うつ》された。オレンジ色《いろ》をした小《ちい》さなエイリアン、カービーの目《め》だった。

「バ・ダ・ダ……ドゥ・ブー。」

カービーがしゃべった。

「うむ？　なんだと？」

低《ひく》い声《こえ》がいった。エイリアンの子《こ》はしゃべりつづけた。

「うーむ。どうもわからん……。」

低《ひく》い声《こえ》は考《かんが》えこんでいるようだ。

まもなく、スクリーンの左《ひだり》のほうに、黄色《きいろ》いエイリアンの三つの目《め》が映《うつ》された。

こんどのエイリアンは、女性《じょせい》らしいおだやかな声《こえ》で切《き》りだした。

「メルビン……あの二人《ふたり》はうそをついてないわ。カービーはそういってるのよ。」

「うーん……。」

低《ひく》い声《こえ》はうなった。

「わたしたちの誤解《ごかい》にすぎなかったのよ。」

女性《じょせい》の声《こえ》がつづけた。

「バブ・ブー。」

カービーがつけくわえた。

「わかったよ。どうやら、思《おも》いちがいをしていたらしい。そういうことだな、ティナ？」

夫《おっと》のメルビンがいった。

「そうね。」

妻《つま》のティナは、まばたきしながらいった。

「では……。」

「銃《じゅう》は、おろすべきじゃないかしら？」

「おお、もちろんだとも。」

メルビンは妻《つま》のことばにしたがった。

「それに、大《おお》きな声《こえ》はやめて、しずかに話《はな》してちょうだい。」

「しかし……。」

「おねがい、小《ちい》さい声《こえ》でね。」

ティナはきっぱりといった。

「わかったよ。」

夫《おっと》のメルビンはため息《いき》まじりに答《こた》えた。

20　また会《あ》う日《ひ》まで

エイリアンのメルビンは、宇宙船《うちゅうせん》の外《そと》に立《た》ち、楽《たの》しそうに広場《ひろば》を見《み》まわした。エイリアンたちはレーザー光線《こうせん》を使《つか》い、むざんに破壊《はかい》されたオーキー・オークスの町《まち》をもとどおりになおそうとしていた。そしてまもなく、以前《いぜん》のように美《うつく》しい町並《まちな》みがもどってきた。

メルビンとティナの夫婦《ふうふ》は、とても魅力的《みりょくてき》に見《み》える。以前《いぜん》、チキン・リトルたちをトウモロコシ畑《ばたけ》まで追《お》ってきた二人《ふたり》のエイリアンは、長《なが》い触手《しょくしゅ》のついたおそろしい金属《きんぞく》スーツを着《き》たメルビンとティナだった。素顔《すがお》の二人《ふたり》は、あのときの姿《すがた》とは似《に》ても似《に》つかなかった。小柄《こがら》な体《からだ》も四本《ほん》の足《あし》も、オレンジ色《いろ》の毛《け》におおわれた息子《むすこ》よ

り少《すこ》し大《おお》きいだけで、色《いろ》が赤《あか》と黄色《きいろ》という以外《いがい》は見《み》た目《め》もそっくりだった。

「思《おも》いちがいをしてすまなかった。ゆるしてほしい。」

あらためて、メルビンがバックにあやまった。

妻《つま》のティナも、ほほえみながらいった。

「ほんとうに、ごめんなさいね。」

メルビンは首《くび》をふり、それから笑《わら》った。

「あんたの息子《むすこ》さんがいなかったら、地球全体《ちきゅうぜんたい》を破壊《はかい》していたかもしれない！」

「なんですって？」

バックは、ぎょっとして目《め》をむいた。オーキー・オークスの市民《しみん》も息《いき》をのんだ。

「しかし、あんたの息子《むすこ》さんのおかげで、子《こ》どもはぶじにもどってきた。」

メルビンが説明《せつめい》した。

「はずかしい話《はなし》ですわ。もしも地球《ちきゅう》をめちゃめちゃにしていたら……二度《ど》とドングリは手《て》に入《はい》らなかったでしょうね。こんなにみごとなドングリがなる星《ほし》って、地球《ちきゅう》以外《いがい》のどこにあるかしら？」

ティナが口《くち》をはさんだ。

メルビンはうなずくと、

「毎年《まいとし》、夏《なつ》になると、われわれは親戚《しんせき》の住《す》む星《ほし》をたずねる途中《とちゅう》で、地球《ちきゅう》のこの町《まち》に滞在《たいざい》することにしている。ドングリは、われわれの大好物《だいこうぶつ》なんだ。」

そういって、銀河系宇宙間《ぎんがけいうちゅうかん》の天体図《てんたいず》をとりだした。いくつかの惑星《わくせい》には赤《あか》い×印《じるし》が入《はい》り、地球《ちきゅう》は○でかこまれている。

「ほかのすべての惑星《わくせい》を旅《たび》してきたが、これだけのすばらしいドングリがあるのは地球《ちきゅう》だけだ。」

チキン・リトルは、前《まえ》に宇宙船《うちゅうせん》で見《み》た天体図《てんたいず》を思《おも》いだしていた。メルビンが手《て》にしているのは、アビーやラントたちと宇宙船《うちゅうせん》にこっそり乗《の》りこんだときに見《み》た天体《てんたい》図《ず》と同《おな》じものだ。一年前《ねんまえ》、六角形《ろっかくけい》のパネルを空《そら》のかけらとまちがえたときも、エイリアンの親子《おやこ》は親戚《しんせき》の住《す》む星《ほし》まで旅《たび》する途中《とちゅう》だったのだろうか？

ふいに、サイレンが鳴《な》りひびいた。指揮官《しきかん》がやってきてメルビンに報告《ほうこく》する。

「修復《しゅうふく》をおえ、町《まち》も市民《しみん》もすべてがもとどおりになりました……ただし、一つだけ例外《れいがい》があります。」

そこまでいって、自分《じぶん》の肩《かた》ごしに後《うし》ろをふりかえった。

チキン・リトルたちも、いっせいにそちらへむいた。そこには、キツネの女《おんな》の子《こ》が立《た》っていた。フォクシーに似《に》ているが、ふんいきがまったくちがう。フォクシーよりもずっと感《かん》じがよくて、かわいらしい。

チキン・リトルは、思《おも》わずめがねのくもりをぬぐおうとした。フォクシーに似《に》たすてきな女《おんな》の子《こ》は、ピンクのドレスを着《き》て、巻《ま》き毛《げ》にリボンをむすび、はずかしそうにほほえんでいる。みんなが知《し》っているフォクシーと同《おな》じキツネだとは、とうてい思《おも》えなかった。

チキン・リトル、アビー、そしてラントは、びっくりして口《くち》がきけなかった。

「もとの姿《すがた》にもどすとき、脳細胞《のうさいぼう》の一部《いちぶ》が別人《べつじん》のものとまざりあったようで、本来《ほんらい》の彼女《かのじょ》とは、やや性格《せいかく》が変《か》わってしまいました。」

指揮官《しきかん》はメルビンに説明《せつめい》した。

フォクシーはぱちぱちまばたきしたり、くすくす笑《わら》ったりしている。そのようすを見《み》ているうちに、なぜかラントの胸《むね》はどきどきしはじめた。

「しかし、心配《しんぱい》にはおよびません。もとの彼女《かのじょ》の姿《すがた》にもどすことができます。」

指揮官《しきかん》は説明《せつめい》をつづけた。

「やめて！」

ラントはすばやくいうと、ため息《いき》をついた。

「彼女《かのじょ》は最高《さいこう》だ。」

ラントがうっとりとフォクシーを見《み》つめると、フォクシーもにっこりして上目《うわめ》づかいにラントを見《み》あげた。ピンクのほおをしたキツネと顔《かお》を赤《あか》らめている大《おお》きなブタを見《み》ながら、エイリアンの指揮官《しきかん》は肩《かた》をすくめて小《ちい》さくつぶやいた。

「なんだか気味《きみ》わるいな。」

突然《とつぜん》、メルビンの腕時計《うでどけい》がビービーと音《おと》をたてた。

「おおっ！」

メルビンは声《こえ》をあげ、腕時計《うでどけい》を見《み》おろした。

「時間《じかん》だわ！　早《はや》く出発《しゅっぱつ》しなきゃ！」

あわててティナがいった。

メルビンはほほえみながら手《て》をのばし、チキン・リトルの手《て》をにぎった。

「きみと知《し》りあえてよかったよ。町《まち》に軍隊《ぐんたい》を送《おく》りこんだりして、乱暴《らんぼう》なまねをしてすまなかった。しかし、わたしは子《こ》をもつ親《おや》だ。将来《しょうらい》、きみも親《おや》になれば理解《りかい》できると思《おも》う。わが子《こ》のためなら、親《おや》はどんなことでもしてしまうものだ。」

バックもほほえんだ。同《おな》じ親《おや》として、メルビンの気持《きも》ちがよくわかった。地球《ちきゅう》であれ、ほかの惑星《わくせい》であれ、親《おや》の思《おも》いは全宇宙共通《ぜんうちゅうきょうつう》のものらしい。宇宙船《うちゅうせん》に乗《の》りこむエイリアンの親子《おやこ》を見送《みおく》りながら、バックは息子《むすこ》の肩《かた》に腕《うで》をまわした。

と、ふいに、宇宙船《うちゅうせん》の底《そこ》から六角形《ろっかくけい》の金属《きんぞく》パネルがはずれ、ガチャンと音《おと》をたてて地面《じめん》に落《お》ちた。

妻《つま》のティナが、メルビンにすばやく視線《しせん》を投《な》げた。

「また、パネルが落《お》ちたわ。毎年《まいとし》、ここをおとずれるたびに、同《おな》じことをくりかえしてるわね。本気《ほんき》でなんとかしなきゃ。だれかの頭《あたま》にあたったら、たいへんだわ。」

ティナはパネルを拾《ひろ》いあげると、宇宙船《うちゅうせん》の横《よこ》にあるボタンをおした。すると、パネルは宙《ちゅう》にうきあがり、それから、カチャッと音《おと》をたててもとの場所《ばしょ》におさまった。

チキン・リトルは、ドングリと金属《きんぞく》パネルについて考《かんが》えた。一年前《ねんまえ》に落《お》ちてきた

〝空《そら》のかけら〟は、宇宙船《うちゅうせん》の底《そこ》からはずれたパネルだったのだ。しかも、去年《きょねん》と今年《ことし》と、二回《かい》も頭《あたま》にぶつかった！

チキン・リトルはうすうす気《き》づいていたが、いまこうしてパネルが落《お》ちるところを見《み》て、パネルが宇宙船《うちゅうせん》のどの部分《ぶぶん》から、どんなふうに落《お》ちたのかを知《し》ることができた。

「ばかばかしい！　だれかの頭《あたま》にぶつかるなんて、百万回《まんかい》に一回《かい》あるかどうかの確《かく》率《りつ》だよ！」

メルビンはいいかえした。

「メルビン、わたしにむかって大声《おおごえ》をあげたわね？」

エンジン音《おん》をひびかせはじめた宇宙船《うちゅうせん》に乗《の》りこみながら、ティナがにらんだ。

「いったい、だれのことをいってるんだね？」

メルビンは話《はなし》をはぐらかした。

エイリアンの子《こ》は宇宙船《うちゅうせん》の中《なか》でふりかえり、チキン・リトルに手《て》をふった。

「さようなら！」

チキン・リトルも手《て》をふった。

宇宙船《うちゅうせん》は、目《め》がくらむような青《あお》い閃光《せんこう》をはなちながら舞《ま》いあがり、やがて夕暮《ゆうぐ》れのせまってきた空《そら》のかなたへと消《き》えていった。

21　ほんとうのヒーロー

それから一年後《ねんご》、チキン・リトルと親友《しんゆう》たちは暗《くら》い映画館《えいがかん》の客席《きゃくせき》にすわり、「チキン・リトル――真実《しんじつ》のストーリー」というタイトルの冒険映画《ぼうけんえいが》を見《み》ていた。チキン・リトルをヒーローにした映画《えいが》がつくられ、大々的《だいだいてき》に公開《こうかい》されたのだ。同《おな》じチキン・リトルが主人公《しゅじんこう》でも、一年前《ねんまえ》につくられた映画《えいが》とは正反対《せいはんたい》だった。

あのころのチキン・リトルは、町《まち》でも学校《がっこう》でも、映画《えいが》の中《なか》でも、ばかにされ、笑《わら》い者《もの》にされ、みじめな思《おも》いで暮《く》らしていた。お父《とう》さんのバック・クラックも、大《おお》きな体《からだ》をいつも小《ちい》さくちぢめていた。

こんどの映画《えいが》に登場《とうじょう》するチキン・リトルは、勇気《ゆうき》のあるりっぱな軍人《ぐんじん》としてえが

かれていた。

大《おお》きなスクリーンから、とどろくような声《こえ》がひびいてきた。

「きみの管轄《かんかつ》する戦闘区域《せんとうくいき》で、警戒警報《けいかいけいほう》だ！　戦況《せんきょう》を報告《ほうこく》してくれ、フィッシュ大佐《たいさ》！」

「はい、司令官《しれいかん》、凶悪《きょうあく》なフォックス・ロクシアン軍《ぐん》が大気圏《たいきけん》に突入《とつにゅう》しました！」

フィッシュ大佐《たいさ》はきびきびと答《こた》えた。

スクリーンの中《なか》で、美《うつく》しいアヒルの女性《じょせい》が不安《ふあん》そうな表情《ひょうじょう》を見《み》せた。

「でも……。」

「わかっている。」

たくましいニワトリの司令官《しれいかん》が、重々《おもおも》しい口《くち》ぶりでさえぎった。

「空《そら》が……落《お》ちてくるのだ！」

「リトル司令官《しれいかん》……そんな！」

アヒルはさけんだ。

「エースと呼《よ》んでくれ。」

リトル司令官《しれいかん》はそういって、美《うつく》しいアヒルをだきあげた。

「きみをまきこみたくはなかったよ、アビー。」

それからコンピュータ画面《がめん》のほうへむき、部下《ぶか》の一人《ひとり》に話《はな》しかけた。

「メッセージを受信《じゅしん》してくれるか、ラント？」

「はい、司令官《しれいかん》！」

不敵《ふてき》なつらがまえがたのもしい、堂々《どうどう》とした体《からだ》つきのブタが答《こた》えた。

「エイリアンの艦隊《かんたい》が侵略《しんりゃく》をくわだてている。ラント、地球《ちきゅう》の運命《うんめい》は、わたしときみの手《て》にゆだねられているのだ。」

リトル司令官《しれいかん》はことばを切《き》り、それからたずねた。

「危険《きけん》に立《た》ちむかう覚悟《かくご》はできているかね?」

ラントはうなずいた。

リトル司令官《しれいかん》はにっこりした。ラントは、いざというときにもっとも信頼《しんらい》できる部下《ぶか》だった。彼《かれ》とだったら、同《おな》じ目標《もくひょう》にむかってつきすすむことができる。

「ラント、交戦《こうせん》の準備《じゅんび》をしてくれ。」

勇敢《ゆうかん》なリトル司令官《しれいかん》とラントはそれぞれの戦闘機《せんとうき》を操縦《そうじゅう》しながら、レーザー光線《こうせん》を発射《はっしゃ》し、フォックス・ロクシアン艦隊《かんたい》を敵《てき》にまわして勇《いさ》ましく戦《たたか》った。

大《おお》きな爆音《ばくおん》がとどろき、リトルとラントの戦闘機《せんとうき》が衝撃《しょうげき》をうけた。

「ラント! ラント、だいじょうぶか?」

リトルはたずねた。

「いいえ、わたしにかまわないでください、司令官《しれいかん》。できれば、弾薬《だんやく》と……少量《しょうりょう》の水《みず》と……ポテトチップスを少《すこ》しいただければ……。」

炎《ほのお》をあげる戦闘機《せんとうき》の中《なか》で、ラントはあえぎながらいった——。

「わあ、ずいぶん正確《せいかく》だなあ！」

客席《きゃくせき》のラントが、となりの席《せき》のフィッシュにささやいた。

「ブラブ！」

フィッシュはうなずくと、ポップコーンを食《た》べながらラントと顔《かお》を見《み》あわせて笑《わら》った。

暗《くら》い映画館《えいがかん》の客席《きゃくせき》で、チキン・リトルとアビーはならんですわっていた。同時《どうじ》にポップコーンをつかもうとして、ぐうぜん二人《ふたり》の手《て》がふれた。二人《ふたり》はびくっとして思《おも》わず手《て》をひっこめた。それから、スクリーンに視線《しせん》をもどすと、どちらからともなくそっと手《て》をつないだ。

スクリーンの中《なか》では、ハンサムなニワトリが美《うつく》しいアビーの目《め》をじっと見《み》つめていた。二人《ふたり》は焼《や》けてくすぶっている建物《たてもの》の前《まえ》に立《た》ち、どちらからともなくだきあった。背後《はいご》では、オーキー・オークスの旗《はた》が、ほこらしげにはためいていた。

「オーキー・オークスの善良《ぜんりょう》な市民《しみん》のみなさん。」

勇敢《ゆうかん》なニワトリは胸《むね》をはり、頭《あたま》をぐいとあげて切《き》りだした。

「どんなにつらくても、どんなに苦《くる》しくても、あきらめてはいけません。毎日《まいにち》が、新《あたら》しい一日《にち》なのです。」

映画《えいが》がおわると観客《かんきゃく》たちはぱっと立《た》ちあがり、わーっと歓声《かんせい》をあげた。オーキー・オークスの市民《しみん》たちは、ついにほんとうのヒーローを見《み》つけたのだ。

チキン・リトルを主人公《しゅじんこう》にした映画《えいが》は、チキン・リトルとお父《とう》さんの明《あか》るい未来《みらい》を約束《やくそく》するようなストーリーだった。けれど映画《えいが》には、父《ちち》と子《こ》のもっともすばらしい部分《ぶぶん》――心《こころ》と心《こころ》の結《むす》びつきについては、描《えが》かれていなかった。

二年前《ねんまえ》、チキン・リトルが中学校《ちゅうがっこう》の鐘《かね》を鳴《な》らし、空《そら》が落《お》ちてきたといいだしたとき、だれもその話《はなし》を信用《しんよう》しなかった。お父《とう》さんも最初《さいしょ》からチキン・リトルのまちがいだと決《き》めつけ、耳《みみ》を貸《か》そうともしなかった。空《そら》が落《お》ちてくるなんて、ありえないことだ。そんな話《はなし》をだれが信《しん》じるだろう？

そうだとしても、せめて息子《むすこ》の話《はなし》だけはきくべきだった。親《おや》が子《こ》どもを信《しん》じないで、だれが信《しん》じるというのだろう？　世間《せけん》がそっぽをむいても、親《おや》だけは子《こ》どもを信《しん》じ、子《こ》どものささえになるべきなのだ。

チキン・リトルのお父《とう》さんもそれに気《き》づき、すっかり心《こころ》をひらいて息子《むすこ》と話《はな》しあい、息子《むすこ》のほんとうの気持《きも》ちを知《し》ることができた。親子《おやこ》の愛情《あいじょう》ときずなと信頼感《しんらいかん》をいっそう深《ふか》めることができたのだ。

お父《とう》さんの目《め》に映《うつ》るチキン・リトルは、とてもりっぱでたのもしかった。体《からだ》こそ小《ちい》さいけれど、だれよりも勇敢《ゆうかん》で、だれよりも心《こころ》が広《ひろ》く、だれよりも決断力《けつだんりょく》と行動力《こうどうりょく》があった。

宇宙船《うちゅうせん》が町《まち》にやってきたとき、おとなたちはうろたえ、逃《に》げまどうばかりで、何《なに》もできなかった。小《ちい》さなチキン・リトルとその仲間《なかま》たちの活躍《かつやく》がなければ、いまごろは、オーキー・オークスの町《まち》ばかりか地球全体《ちきゅうぜんたい》がめちゃくちゃになっていたかもしれないのだ。

チキン・リトルはヒーローになりたいとねがい、いま、そのねがいがかなえられた。けれど、それは自分《じぶん》のためだけではなく、お父《とう》さんのためでもあった。お父《とう》さんに愛《あい》されること、お父《とう》さんにとっての自慢《じまん》の息子《むすこ》でありつづけること。それは、町《まち》のヒーローになることよりも、ずっとすばらしいことだった。

（おわり）

「チキン・リトル」解説《かいせつ》

橘高弓枝《きったかゆみえ》

「チキン・リトル」の世界《せかい》

長編《ちょうへん》アニメーション「チキン・リトル」は、動物《どうぶつ》たちが住《す》む世界《せかい》を舞台《ぶたい》に、父《ちち》と子《こ》の愛情《あいじょう》や友情《ゆうじょう》を軸《じく》に、チキン・リトルがくりひろげる愛《あい》と勇気《ゆうき》の物語《ものがたり》をユーモアをまじえながら楽《たの》しく、おもしろく、そして感動的《かんどうてき》に描《えが》いた作品《さくひん》です。

この作品《さくひん》には、人間《にんげん》は登場《とうじょう》しません。動物《どうぶつ》だけが住《す》む、平和《へいわ》でのどかないなか町《まち》が舞台《ぶたい》です。町《まち》は小《ちい》さいけれど、タウンホールの前《まえ》の広場《ひろば》には、世界一大《せかいいちおお》きなドングリのなるカシの木《き》が立《た》っています。このドングリが、住民《じゅうみん》たちのほこりとなっているのです。

物語《ものがたり》は、「空《そら》が落《お》ちてきた！」というチキン・リトルの衝撃的《しょうげきてき》なひとこととともにはじまります。チキン・リトルの頭《あたま》に、空《そら》とそっくりなものがぶつかってきたのです。たいへんだ、いまに空全体《そらぜんたい》が落《お》ちてくる！　チキン・リトルはそう思《おも》い、中学《ちゅうがっ》校《こう》の塔《とう》にのぼって鐘《かね》を鳴《な》らします。でも、空《そら》は落《お》ちてきません。「チキン・リトルは、頭《あたま》の上《うえ》に落《お》ちてきた大《おお》きなドングリを空《そら》のかけらとまちがえたにちがいない。」チキン・リトルのお父《とう》さんも、町《まち》の住民《じゅうみん》たちも、そう思《おも》います。

この事件《じけん》をきっかけに、チキン・リトルはすっかり信用《しんよう》をなくしてしまい、町《まち》のみんなから笑《わら》われたり、ばかにされたりするようになります。このままでは、お父《とう》さんまで恥《は》ずかしい思《おも》いをするでしょう。そこでチキン・リトルは、信用《しんよう》をとりもどすために中学校《ちゅうがっこう》の野球《やきゅう》チームに入《はい》ります。

中学校対抗《ちゅうがっこうたいこう》の野球大会《やきゅうたいかい》は、この物語《ものがたり》の重要《じゅうよう》なエピソードの一つとして登場《とうじょう》します。かつて、チキン・リトルのお父《とう》さん、バック・クラックは、中学校《ちゅうがっこう》の野球《やきゅう》チーム、ドングリーズのエースとして活躍《かつやく》しました。スター選手《せんしゅ》のバックは、友《とも》だちやクラスメートばかりでなく、先生《せんせい》たちからも尊敬《そんけい》されていました。

チキン・リトルにとっても、お父《とう》さんは大《おお》きくて、たくましいヒーローです。野《や》球《きゅう》チームに入《はい》り、かつてのお父《とう》さんのように活躍《かつやく》したいと考《かん》えても、ふしぎではありません。スター選手《せんしゅ》になれば、町《まち》のみんなからヒーローとしてたたえられるでしょう。お父《とう》さんにとっての自慢《じまん》の息子《むすこ》にもなれるはずです。

野球《やきゅう》チームに入《はい》ったチキン・リトルは、親友《しんゆう》のアビーやラント、フィッシュのたすけを借《か》りて、きびしいトレーニングをはじめます。毎朝《まいあさ》、ランニングにはげみ、筋肉《きんにく》をつける運動《うんどう》をし、体《からだ》をとことんきたえました。たとえ小柄《こがら》でも、努力《どりょく》すればすばらしい選手《せんしゅ》になれるはずです。

そして、野球大会《やきゅうたいかい》の日《ひ》、スタンドをうめつくす観客《かんきゃく》たちの目《め》の前《まえ》で、チキン・リトルは、みごとにチームの勝利《しょうり》に貢献《こうけん》することができました。

けれど、住民《じゅうみん》たちがチキン・リトルのすばらしさにふれたのは、野球選手《やきゅうせんしゅ》として活躍《かつやく》したときだけではありませんでした。チキン・リトルの心《こころ》の広《ひろ》さ、勇気《ゆうき》、決断力《けつだんりょく》、行動力《こうどうりょく》がはっきり示《しめ》されたのは、宇宙船《うちゅうせん》がオーキー・オークスの町《まち》にやってきたときでした。

巨大《きょだい》な宇宙船《うちゅうせん》とエイリアンを目《め》にして、おとなたちはうろたえ、逃《に》げまどうばかりでした。でも、小《ち》さなチキン・リトルは、ひるみませんでした。自分《じぶん》を信《しん》じてくれるクラスメートのアビーたちと力《ちから》をあわせ、町《まち》が破壊《はかい》されてめちゃくちゃになる前《まえ》に救《すく》うことができました。このとき、チキン・リトルは、ほんとうのヒーローになったのです。

個性《こせい》ゆたかなキャラクター

「チキン・リトル」の舞台《ぶたい》となるオーキー・オークスの町《まち》には、ニワトリ、犬《いぬ》、ブタ、アヒル、サカナ、ヒツジ、ウサギ、キツネ、ヤマアラシ、モグラ、カメレオンからラクダやチータにいたるまで、さまざまな動物《どうぶつ》が住《す》んでいます。
まず、小《ちい》さな体《からだ》とまるい顔《かお》を白《しろ》い羽《はね》におおわれた主人公《しゅじんこう》、ニワトリのチキン・リトル。体《からだ》は小《ちい》さくても、こまったときにとっさに機転《きてん》をきかせたり、名案《めいあん》を考《かんが》えだしたりする才能《さいのう》があります。息子《むすこ》とは対照的《たいしょうてき》に、お父《とう》さんのバック・クラックは、体《からだ》が大《おお》きくて背《せ》が高《たか》く、かなり太《ふと》っています。中学校時代《ちゅうがっこうじだい》には野球《やきゅう》チームのエースとしてならし、数々《かずかず》の賞状《しょうじょう》やトロフィーをもらいました。

チキン・リトルのクラスメートも、バラエティ豊《ゆた》かです。大《おお》きな目《め》と口《くち》のあいだからのぞく二本《ほん》の前歯《まえば》がめだつアヒルのアビー。体《からだ》はクラスでいちばん大《おお》きいけれど、気《き》が小《ちい》さくて臆病《おくびょう》なブタのラント。いつも潜水士《せんすいし》のヘルメットをかぶっている陽気《ようき》なサカナ、フィッシュ。「ブラブ」としかしゃべりませんが、だれとでもすぐになかよしになれる特技《とくぎ》をもっています。

アビー、ラント、フィッシュは、どんなときでもチキン・リトルの味方《みかた》です。厚《あつ》い友情《ゆうじょう》と信頼感《しんらいかん》で結《むす》ばれているのです。

いじめっ子《こ》のキツネ、フォクシー・ロクシーは、クラスメートをこまらせたり、さわぎを起《お》こしたりするのが大《だい》すきな生徒《せいと》です。女《おんな》の子《こ》にしては大《おお》さくてがっしりしていて、スポーツが大《だい》の得意《とくい》。赤《あか》い服《ふく》と赤《あか》いリボンをつけたガチョウのグーシー・ルーシーは、いつもフォクシーのいいなりです。フォクシーといっしょになって、ことあるごとにチキン・リトルをいじめたり、からかったりして楽《たの》しんでいます。

シチメンチョウのターキー・ラーキー町長《ちょうちょう》は、大物《おおもの》らしく見《み》えるように、いつもいかめしい顔《かお》をしています。長《なが》い間《あいだ》、町長《ちょうちょう》をつとめていますが、それは住民《じゅうみん》から尊《そん》敬《けい》されているせいではなく、ほかのだれも町長《ちょうちょう》になりたがらないせいです。

この物語《ものがたり》には、ユニークなエイリアンの親子《おやこ》も登場《とうじょう》します。地球《ちきゅう》を侵略《しんりゃく》しようとする悪《わる》いエイリアンではなく、小柄《こがら》で善良《ぜんりょう》なエイリアンです。エイリアンの体《からだ》は赤《あか》やオレンジの毛《け》におおわれ、大《おお》きな三つの目《め》と四本《ほん》の足《あし》をもっています。彼《かれ》らは、体《からだ》を大《おお》きく強《つよ》そうに見《み》せる金属《きんぞく》スーツを着《き》ることもあります。たまご形《がた》の頭《あたま》、三つの赤《あか》い大《おお》きな目《め》、頭《あたま》の上《うえ》につきでた何本《なんぼん》もの細《ほそ》いアンテナ、頭《あたま》の下《した》からのびる長《なが》い五本《ほん》の触手《しょくしゅ》。スーツを着《き》たときの姿《すがた》は、金属製《きんぞくせい》のおそろしい大《おお》ダコのように見《み》えます。

父《ちち》と子《こ》の信頼《しんらい》

おさないころにお母《かあ》さんを亡《な》くしてからずっと、チキン・リトルはお父《とう》さんと二人《ふたり》きりで暮《く》らしてきました。けれど、それを不満《ふまん》に思《おも》ったことはありません。もともと、仲《なか》のよい親子《おやこ》なのです。

ところが、〝空《そら》が落《お》ちてきた！〟事件《じけん》をきっかけに、父《ちち》と子《こ》のあいだは少《すこ》しぎくしゃくしはじめます。どんなに愛《あい》しあっている親子《おやこ》でも、ちょっとした誤解《ごかい》や考《かんが》え方《かた》のちがいがもとで、気《き》まずくなることはあります。そんなぎくしゃくした関係《かんけい》をもとにもどすには、話《はな》しあいがいちばんです。チキン・リトルもお父《とう》さんも、心《こころ》をひらき、とことん話《はな》しあうべきでした。

けれど、チキン・リトルは、なくした信用《しんよう》をとりもどすためには、話《はな》しあうよりも何《なに》か思《おも》いきった行動《こうどう》にでて、自分《じぶん》が負《ま》け犬《いぬ》ではないということをお父《とう》さんに信《しん》じさせるのがいちばんだと思《おも》いました。お父《とう》さんも心《こころ》の底《そこ》では息子《むすこ》を愛《あい》していながら、話《はな》しあおうとしませんでした。これでは何《なん》の解決《かいけつ》にもなりません。

宇宙船《うちゅうせん》が町《まち》にやってきた日《ひ》、ついに、チキン・リトルは、お父《とう》さんに自分《じぶん》の気持《きも》ちをぶちまけます。このとき初《はじ》めて、お父《とう》さんは息子《むすこ》のほんとうの気持《きも》ちを知《し》りました。話《はな》しあえばわけなく解決《かいけつ》できることなのに、父《ちち》も息子《むすこ》も長《なが》いあいだそれを避《さ》けていたのです。

チキン・リトルが中学校《ちゅうがっこう》の鐘《かね》を鳴《な》らし、空《そら》が落《お》ちてきたといいだしたとき、だれもその話《はなし》を信用《しんよう》しませんでした。お父《とう》さんも最初《さいしょ》からチキン・リトルのまちがいだと決《き》めつけてしまいました。それではいけなかったのです。世間《せけん》がそっぽをむいても、親《おや》だけは子《こ》どもをかばい、子《こ》どものささえになるべきだったのです。お父《とう》さんもやっとそのことに気《き》づきました。

父《ちち》と息子《むすこ》がおたがいのほんとうの気持《きも》ちを知《し》ったとき、わだかまりはすっかりとけました。親子《おやこ》の愛情《あいじょう》と信頼感《しんらいかん》をいっそう深《ふか》めることができたのです。

チキン・リトルと仲間《なかま》たちがくりひろげる冒険《ぼうけん》を、ユーモラスに、そして感動的《かんどうてき》に描《えが》いたアニメーションも、本書《ほんしょ》とあわせてお楽《たの》しみください。

橘高 弓枝（きったか ゆみえ）
広島県府中市に生まれる。同志社大学文学部英文学科を卒業。訳書に、『ベスト・キッド』『赤毛のアン』『若草物語』『マザー・テレサ』『コロンブス』『チャップリン』『モンゴメリ』『エルトン・ジョン』『ドボルザーク』『アンネ・フランク』などがある。

編集・デザイン協力
宮田庸子
千葉園子
design staff DOM DOM

写真・資料提供
ディズニー パブリッシング ワールドワイド（ジャパン）

ディズニーアニメ小説版 59
チキン・リトル

NDC933 222P 18cm
2005年11月 1刷
2006年1月 5刷

作者 アイリーン・トリンブル
訳者 橘高《きったか》 弓枝《ゆみえ》
発行者 今村 正樹
印刷所 大日本印刷㈱
製本所 DNP製本㈱

発行所 株式会社 偕《かい》成《せい》社《しゃ》
〒162-8450 東京都新宿区市谷砂土原町3-5
TEL 03(3260)3221(販売部)
03(3260)3229(編集部)
http://www.kaiseisha.co.jp/
ISBN 4-03-791590-1 Printed in Japan

落丁本・乱丁本は、小社製作部あてにお送りください。送料は小社負担でお取り替えします。

ディズニーアニメ小説版

ディズニーの話題作が続々登場!

©Disney／Pixar

1. トイ・ストーリー
2. ノートルダムの鐘
3. 101匹わんちゃん
4. ライオン・キング
5. アラジン
6. アラジン完結編 盗賊王の伝説
7. ポカホンタス
8. 眠れる森の美女
9. ヘラクレス
10. リトル・マーメイド～人魚姫
11. アラジン ジャファーの逆襲
12. 美女と野獣
13. 白雪姫
14. ダンボ
15. ふしぎの国のアリス
16. ピーター・パン
17. オリバー ニューヨーク子猫物語
18. くまのプーさん クリストファー・ロビンを探せ！
19. ムーラン
20. 王様の剣
21. わんわん物語
22. ピノキオ
23. シンデレラ
24. ジャングル・ブック
25. 美女と野獣 ベルの素敵なプレゼント
26. バンビ
27. ロビン・フッド
28. バグズ・ライフ
29. トイ・ストーリー2
30. ライオン・キングⅡ
31. ティガームービー プーさんの贈りもの
32. リトル・マーメイドⅡ
33. くまのプーさん プーさんとはちみつ
34. ダイナソー
35. ナイトメアー・ビフォア・クリスマス
36. おしゃれキャット
37. ビアンカの大冒険
38. 102（ワン・オー・ツー）
39. ラマになった王様
40. わんわん物語Ⅱ
41. バズ・ライトイヤー 帝王ザーグを倒せ!
42. アトランティス 失われた帝国
43. モンスターズ・インク
44. きつねと猟犬
45. ビアンカの大冒険 ゴールデン・イーグルを救え!
46. シンデレラⅡ
47. ピーター・パン2 ネバーランドの秘密
48. リロ・アンド・スティッチ
49. トレジャー・プラネット
50. ファインディング・ニモ
51. ブラザー・ベア
52. ホーンテッド・マンション
53. くまのプーさん ピグレット・ムービー
54. ミッキー・ドナルド・グーフィーの三銃士
55. Mr.インクレディブル
56. くまのプーさん ルーの楽しい春の日
57. くまのプーさん ザ・ムービー はじめまして、ランピー!
58. くまのプーさん ランピーとぶるぶるオバケ
59. チキン・リトル

（以下、続刊）

偕《かい》成《せい》社《しゃ》 〒162-8450 東京都新宿区市谷砂土原町3-5 TEL.03-3260-3221／FAX.03-3260-3222
●お近くの書店でお求め下さい。偕成社へ直接注文もできます。e-mail:sales@kaiseisha.co.jp